ENSOMHED

ENSOMHED

Lautitia Roux

ENSOMHED

INDHOLD

Forord

Når jeg sidder her lige nu, så er jeg utrolig taknemmelig og ydmyg over, at jeg hele vejen igennem mit liv har været i stand til at klare de mange udfordringer uden at ty til drugs og uden at tvivle på mig selv!

De tanker jeg har haft og stadig får, er tro mod mig selv, og jeg har altid mærket efter i mit hjerte, om jeg nu gjorde det rigtige for mig. Selvfølgelig har jeg gået omveje og lavet godt med rod for mig selv indimellem, men ellers lærer vi jo heller ingenting vel?

Jeg tror på at vi kvinder har en tendens til at afslutte det og dem vi møder på vores vej, og det gør den store forskel på kvinder og mænd. Det er jo ikke alle som fatter, at man ikke bare kan vende ryggen til, og så glemme, for nej det går ikke, da det forstyrrer vores indre ro og giver alt for megen støj.

Jeg er sikker på at denne bog kan hjælpe med at få styr på nogle ting der for andre måske er indlysende, eller som de ikke kan sætte sig ind i, da de aldrig har prøvet det og derfor ikke forstår smerten bag. For jeg tror på, at vi kan en masse mere end vi selv går og tror, hvis bare vi giver det lov at komme frem, og samtidig lærer at lytte og stole på vores følelser, der i den grad er der for at guide os igennem alle de mange valg og udfordringer vi møder undervejs. Det er jo med til at udvikle os.

Jeg har lært at mine dårlige vaner er de sværeste at ændre, og mange gange falder jeg i med begge ben og må starte forfra. Det skal jeg nok få ændret, for hold op hvor er det da irriterende!

Det værste jeg ved er når mennesker enten er falske eller manipulerende. Det kan til tider være meget svært at opdage, men her er det at mit hjerte og mine følelser kommer med en advarsel om, at der er noget galt.

Negative mennesker kan jeg heller ikke klare ret længe af gangen, så smutter jeg, for det er da så udmattende, og det giver ingen mening at høre på. Tværtimod er der så meget vi kan være glade over, ikke mindst at vi lever i en meget fredelig tid, og at vi i vores dejlige land har demokrati, ytringsfrihed og ja, frihed og respekt for dem vi er og kan gøre hvad vi har lyst til.

Vi skal ikke stenes hvis vi er utro, eller er hekse med interesser indenfor ting videnskaben ikke lige har et svar på, eller på nogen måde kan dokumentere, så heldigvis for det vil jeg mene. Jeg tror der er meget vi ikke skal vide noget om og så er der de ting vi kan forstå, så fred være med det. Jeg behøver heldigvis ikke svar på alt og sover ligeså godt om natten, uden den viden. Men selvfølgelig er det dejligt, at der er nogen, der bare vil vide alt og det gør jo også at vi ved så meget mere i dag.

Jeg har de seneste år opdaget at det der virker for mig, er at opsøge glæde og have gode mennesker omkring mig, nogen der er søde og det at være gode mod hinanden. Mennesker der tænker positivt og bringer glæde ind i livet, med en masse dejlige oplevelser, er lige noget for mig. Så kan surhed, bitterhed og sorg heller ikke få grobund i mit liv, og hvis jeg så samtidig kan hjælpe andre, i at udvikle sig positivt og sprede glæde, er jeg tilfreds.

Jeg gik i gang med denne bog for snart 20 år siden, men den er først nu klar til at blive formidlet ud til andre. Jeg er også taknemmelig for, at især min datter har givet mig lov til at tage hendes meget tumulte liv med i bogen og ikke mindst hendes alvorlige ulykke/ulykker, der ændrede hende og i høj grad også mig. Jeg er stolt af min søn der har været så meget igennem med hans fars sygdom med mere, at han på trods af det har overskud til at lave forside på denne bog, der betyder så meget for mig.

Jeg sender også en stor tak til min tålmodige mand, der har hjulpet med mange af de ting der har været, og Birthe "Alovera" som har støttet mig, samt fundet Charlotte der har gjort det muligt at få udgivet denne bog. Det er så pragtfuldt at have så dejlige mennesker omkring mig, og det er jeg meget taknemmelig for!

Lautitia Roux
Forår 2014

Fødsel

Jeg bliver nødt til at starte med min egen fødsel i juni 1962 i Sydafrika. Min familie består af 5 mindre søskende, min mor der hedder Gerd og min far Gabriel Roux. De boede på det tidspunkt i en trailerpark lidt uden for Johannesborg. De var fattige katolikker, hun var hjemmegående og han arbejdede på Pretoria hospital som portør. Jeg regner med at de oplysninger er korrekte, men derudover ved jeg ikke meget, da der går temmelig mange år før jeg får at vide, at jeg faktisk er adopteret.

Jeg vil også lige tale lidt om den danske familie, som jeg nogle måneder senere bliver adopteret til. Else kommer fra Sønderjylland, en lille by ved Kruså, som ligger tæt op til den Dansk Tyske grænse. Her vokser hun op med sin familie, der består af far Svend og hendes mor Mie. Mie er hjemmegående og ud over at passe 4 børn, arbejder hun også på telefonomstillingen, der står i hjemmet. Svend er gendarm, og patruljerer imellem den Dansk/Tyske grænse. Elses bror Per læser til ingeniør og er et par år ældre end hende. Så er der lille søster Stef, der senere bliver syerske og endnu en lillesøster der desværre dør omkring 4 år gammel.

Else selv arbejder hos en læge, hvor hun passer huset samt klinikken. Da de 3 børn er flyttet hjemmefra og til Nordsjælland, beslutter Svend og Mie sig for at sælge huset og flytte til Helsingør, for at være i nærheden af børnene. Det er der Else møder sin veninde, som jeg senere kalder tante, og det er her hun møder Rolf.

Stef har mødt en bådebygger, men han er ikke god nok i hendes forældres øjne, men på trods af det, gifter hun sig alligevel med ham.

Else har også store problemer med hensyn til Rolf, for han er gift, har 2 små piger, så det falder heller ikke i god jord hos forældrene, så hun holder det hemmeligt i lang tid. Da hun så bliver gravid med Rolf, tør hun ikke sige det, og hun vælger at få en abort, og det tror jeg virkelig, at hun fortrød resten af sit liv.

Rolf bliver skilt og der bliver holdt dobbelt bryllup i domkirken, men Svend vil kun betale for Elses bryllup, så Stef og onkel må selv punge ud. Sådan var Svend. Heldigvis ødelægger det ikke deres bryllup, og alle er glade.

Per er meget glad for sin familie og føler en stor taknemlighed over, at hans forældre ofrede alt, for at han kunne få sin gode uddannelse, og det betaler han tilbage på i resten af sit liv. Han får job i Sydafrika hvor han skal ned og lave pipelines. Efter at han har været der et godt stykke tid, kontakter han Else og Rolf, og de aftaler, at de tager derned på bryllupsferie, og han sørger for at de kan låne et lille sødt hus i den tid de er der.

Men Rolf falder for det smukke land, og da han er færdig uddannet typograf, finder han hurtigt et job på det store bladhus. Efter et par år i Sydafrika hjælper Per dem med at finde en farm, og han hjælper dem også med at bygge et lille hus. Her får de heste, hunde og masser af får. På farmen er der en stor appelsinplantage, samt et område med grøntsager, så de afgrøder sælger de ud af på det lokale marked. Et år prøver de også med kaffe, men det blev ikke rigtigt til noget. Et andet år prøver de så med tomater, men de blev ødelagt af store hagl, så de mistede også en del penge på det. De næste 18 år arbejder de så hårdt, for at få den store farm til at løbe rundt, men Else falder aldrig rigtig til, og har meget hjemve.

Samtidig føler hun ikke, at hun får den anerkendelse hun ønsker af sine forældre. Pengene er små for Else og Rolf, så det bliver ikke til så mange ture hjem til Danmark, som Else kunne have ønsket sig, men hun skriver mange lange breve til sine forældre.

Jeg fandt et brev som hun havde skrevet hjem til sin mor. Det var det år hvor hun skrev, at hun var gravid i 3. måned. Hun skrev, at hun glædede sig så meget til det her barn, og at hun var så glad for det tøj Mie havde strikket til barnet. Men så aborterede hun desværre igen, og det var lige slemt for hende hver gang. Rolf tog det mere roligt, men han havde jo også sine piger, selv om han ikke så dem.

På et tidspunkt havde Rolf´s eks kone kontaktet ham i Sydafrika. Hun fortalte ham, at hun havde fået kræft og snart skulle dø. Hun spurgte ham i den forbindelse om han og Else kunne tage børnene, som begge under 10 år, men det ville de ikke. Så de to piger kom på et børnehjem hjemme i Danmark.

Som tiden gik, blev Else mere og mere desperat over ikke at kunne få et barn, og efter abort nr. 4, sagde lægerne stop. Det var en hård besked for Else at få. I mens hun var indlagt på Pretoria hospital, var det at min far hørte om det danske par, der ikke kunne få børn. Min mor ventede på det tidspunkt mig, og hun og min far talte så om at kontakte Rolf, i forbindelse med at adoptere mig når jeg kom til verden.

Else ville godt have mig, men ville intet have med selve adoptionen at gøre, så det tog Rolf sig af. Der begynder nu at blive problemer imellem Rolf og Else. Else bruger mere og mere tid sammen med naboen der er en enlig meget sød mand, som hun så beslutter sig for at flytte ind hos.

Rolf begraver sig i sit arbejde, alt imens papirerne med mere bliver gjort klar til adoptionen.

Da jeg er omkring de 6 måneder er alt parat til de kan hente mig, og Rolf kontakter Else og spørger om hun vil tilbage, for nu kom jeg altså. Det må ikke have været nemt for Else at komme tilbage, og hun bryder da også sammen og prøver at tage sit liv.

Da jeg så blev tre år gammel, beslutter de sig for at flytte tilbage til Danmark og starte et nyt liv der.

Barndommens gade

Det er så i 1965 at Else, vores hund Pelle og jeg flytter til
Danmark. Rolf bliver i Sydafrika for at få solgt farmen og det
lykkedes først efter et år. Måske var den løsning sund for dem
begge. I mellemtiden har Per fået et fast job og bopæl i Paris,
Stef har fået to børn og bor i et lille hyggeligt fiskerhus i
Espergærde. Vi flytter ind i Mie og Svends hus, hvor der er
en separat lejlighed på 1.sal.

Jeg havde lige siden jeg blev født talt engelsk i hjemmet, og
igennem hele min barndom havde jeg ikke tænkt nærmere over
det, da det faldt mig naturligt. Når så Per kom på besøg talte
han Fransk og Mie talte Tysk, så det var et hjem med mange
sprog, og det var fint nok med mig og i dag er jeg taknemlig
over det.

Jeg havde en skøn barndom der, men jeg havde det ikke altid
lige let med alle de voksne, der alle havde en mening om min
opdragelse. Så jeg nød at kunne gå ind til Hansen, som var
vores nabo. Hun var den dejligste bedstemor jeg kunne have
haft, og ud over at hun gav mig albuerum, var der ingen regler,
og hun rettede ikke på mig konstant, så det var skønt.

Når de voksne var hos Mie og Svend blev der arbejdet konstant
i den store have. Der var en masse frugttræer, buske og grøn-
sager på snorlige rækker. Så i perioder skulle der vaskes, bages,
syltes og males. Så her var det ”arbeit mach's frei” skal jeg lige
love for.

Heldigvis var jeg ikke ret stor og legede det meste af tiden,
helst alene. Kom der nogen børn på besøg låste jeg mit yng-
lings legetøj inde, og ingen fik nøglen.

Jeg var glad for at lege med biler, uhhh, det var det bedste jeg vidste, men det passede ikke Else, der helst så mig pyntet og med dukker omkring mig, føj! Jeg havde også en trehjulet cykel, det var bare sagen og især efter sadlen faldt af, for så stak jeg en skruetrækker i hullet, og legede at jeg skiftede gear. Gården var belagt med asfalt, perfekt til at cykle på og jeg tegnede veje, som jeg så kørte rundt på. Men jeg var et larmende barn syntes de, og de besluttede at jeg skulle i en halvdags børnehave, og det var fint med mig.

Jeg har hele mit liv nydt at komme ud og væk fra familien, jeg følte mig mere fri uden dem. Jeg kom i børnehave hos to ældgamle frøkener, det eneste problem var bare, at piger og drenge ikke måtte lege med hinanden, øv. Pigerne havde dukker og drengene alt det som jeg syntes var sjovt, der i blandt bilerne.

Når vi kom om morgenen skulle man sige hvad man ville lege med og så kunne man lege et stykke tid med det, indtil tiden var forbi og den næste skulle lege med det. Nogle gange måtte vi lege frit i den store baghave i børnehaven, men jeg kom stort set altid til at sidde på den store kolde grå stentrappe, for hver gang jeg legede med drengene, blev jeg sat der, øv.

Det bedste var når vi skulle på tur ned til Kronborg, om sommeren, så havde vi vores madpakker med. Vi legede og sang (pigerne sang) og lavede kranse af engelsk græs, det var bare så dejligt. Jeg har altid været god til at nyde nuet og suge det bedste til mig, det har jeg så værdsat senere i livet.

Jeg tror det var godt, at jeg kom lidt væk fra familien og jeg begyndte at gå til ballet og dans. Stef syede den ene smukke dansekjole efter den anden og jeg husker især en, den var så smuk, helt gul og med masser af palietter.

Under kjolen havde jeg mit balletskørt, som fik den til at strutte så fint, jeg var meget stolt kan jeg huske.

På danseskolen lavede vi ind imellem opvisning. Det gik godt og jeg kunne godt lide at gå til dans. Som så mange andre skulle jeg en dag lige glide hen over gulvet. Jeg faldt og mit venstre håndled gjorde så ondt, at de måtte ringe efter Else og Mie. De gav mig en masse vat med eddike på og så en plastik pose på til natten, føj hvor det stank. De sagde også, at hvis jeg havde ondt næste dag, ville de tage mig på skadestuen. Da jeg vågnede næste morgen havde jeg stadig ondt. Det viste sig efter en tur på skadestuen, at armen var brækket tre steder, så av for den.

Jeg begyndte også at gå til svømning. Det var i havnebassinet for enden af molen, i Helsingør havn. Her var der bygget en beton kant omkring det store bassin, samt sat et net op under, men i nettet var der så store masker, at der både kom fisk og store brandmænd ind. Jeg blev som så mange af de andre, efter mødet med en brandmand, brændt over hele maven og jeg måtte bjerges op, for jeg kunne slet ikke bevæge mig for smerten. Men det værste var nok det sorte vand, og så når man kunne skimte den hvide bund, kunne man se de største krabber. At jeg overhovedet kom i, fatter jeg ikke helt, men hvem spurgte? Men jeg syntes at jeg var modig når jeg sprang ned i det sorte vand, rørte bunden med krabberne og lod mig brænde på brandmænd.

På et tidspunkt havde jeg fået en rift på vej ned til havnen og skulle lige til at sutte på det, da Else stoppede mig, og sagde at det måtte jeg ikke, for det var giftigt at slikke mit blod. Jeg var ret nem at gøre bange, så jeg rørte ikke blod i mange år. Ærgerligt at give mig den slags angst, men ok.

Lige op til jeg skulle starte i skolen blev den sommer den sidste i det havnebassin, for det var efterhånden blevet temmelig farligt at færdes på området. Dels var det ved at styrte sammen, og så var der mere olie og benzin i vandet end tidligere, og jeg nåede da også, at redde mig en blodforgiftning, via et sår jeg havde svømmet med. Det var godt det samme, men jeg tager derud og kigger stadig den dag i dag, hvor der kun er ganske få minder tilbage fra en dejlig tid.

Den bedste oplevelse jeg har haft som 4/5 år gammel, var da min legekammerat og jeg fandt på at vi ville en tur til månen, og jeg var ikke i tvivl om at vi nok skulle komme det. Vi byggede os et rumskib og lavede madpakker (Else hjalp), vi aftalte at de voksne skulle vække os om natten, så vi kunne tage af sted. Men desværre var min legekammerat blevet syg, så jeg blev ikke vækket, og vi kom ikke af sted. Selv om jeg var meget skuffet, var jeg aldrig det mindste i tvivl om, at vores tur til månen ville have lykkedes.

I 1969 var jeg helt klar til at starte på Marienlyst skole. Jeg kom i en skøn klasse og jeg var meget glad for at gå der. Men efterhånden havde Rolf fået nok af at køre den lange vej på arbejde hos Berlingske i København. Men jeg tror nu også, at han havde fået nok af alt det arbejde, der var i huset og haven. Så da jeg skulle starte i 2 klasse sagde de pludselig, at vi skulle flytte! NEJ, jeg ville blive i skolen og trods mange protester, begyndte vi at kigge efter huse lidt uden for København.

Omvæltningen

Modvilligt endte vi med et nybygget rækkehus i Herlev, der var 24 rækker, med 12 boliger i hver række, men det var et meget lækkert hus i to etager og med fuld kælder. Jeg fik det store værelse oven på, og de fik hver deres også ovenpå. Kælderen blev Rolf's sted når han skulle hygge sig. Men Else faldt aldrig til der, det var som om hun blev mere ensom, for Rolf havde jo sit arbejde og jeg alle mine ting.

Det der undrede mig mest, var at jeg slet ikke savnede hverken Helsingør, eller alle de voksne der havde været der i alle de år, og jeg følte en hvis frihed og fred efter et stykke tid. Jeg begyndte også at få nok af Elses overvågning som tiden gik. Jeg følte, at hun var irriterende, og jeg var samtidig vred over hendes overdrevne kontrol. Hvorfor fik hun ikke noget at gå op i, så jeg kunne være i fred? Det var svært ikke at snerre og være sød, når hun var over mig som en høg.

Da vi kom til Herlev begyndte jeg på en kommuneskole i Gladsaxe. Der blev jeg godt træt af at gå, for lærerne havde overhovedet ikke styr på de urolige elever, og jeg bad om at komme væk derfra. Året efter begyndte jeg så i 3. klasse på en privatskole, det var en skøn klasse og vi lærte virkelig noget.

I Herlev meldte jeg mig så også ind i FDF/FPF og var med i tamburkorpset hvor jeg spillede på tromme. Jeg gik til ballet 2 gange om ugen, og det var jeg meget glad for. Jeg startede også med at spille klaver, hvilket kedede mig enormt må jeg indrømme, men hvad gør man ikke for at komme væk.

Til alt held nød jeg alle de andre ting der foregik uden for hjemmet.

Frihed har altid betydet meget for mig, og jeg har nok nydt det mere end de fleste. Jeg sugede alle indtrykkene til mig, og det gør jeg stadig den dag i dag, når jeg oplever noget! Jeg elsker at tænke tilbage på alle de skønne ting, jeg har fået lov at opleve.

Ind i mellem tog jeg alene til Helsingør for at besøge Mie og Svend, og det var pragtfuldt at have dem helt for mig selv. Vi spillede en del kort, som regel var det fisk. Mie gav mig altid 100 kr. uden Svend måtte vide det og det samme gjorde Svend, hi hi, de kunne have sparet mange penge ved at sige det til hinanden, men pyt jeg klager bestemt ikke.

Mie og jeg tog nogle gange i biografen, og jeg kan huske da vi så Tintin og den blå appelsin. Den var super god, og jeg hyggede meget med hende. Jeg købte altid en blomst med til dem på vejen, for de betød virkelig meget for mig. Indimellem havde de nogle venner på besøg, og så spillede de voksne kort imens jeg legede enten hos naboen eller alene, og det var bare så hyggeligt.

Påsken gik altid med, at Else og Rolf kom til Helsingør og var med til at gemme æg ude i haven, og så spiste vi middag alle sammen. Stef og onkel var også tit med og en gang i mellem havde de også deres søn med, han hed Jesper og var 10 år ældre end mig. Jeg så meget op til ham, for han var jo sej, og samtidig hjalp han mig med mine lektier og gad tale med mig, det var da vildt fedt, men det var desværre ikke så tit han var med.

Hjemme i Herlev gik dagene med skole og fritids aktiviteter, Else levede nærmest sit liv igennem mig, men det kunne jeg ikke se dengang. Hun blandede sig i alt og det var nærmest sygeligt, men heldigvis holdt jeg hende på afstand med at vrisse og lave undvigemanøvrer.

Det blev værre med årene må jeg indrømme og ja, det var nok lidt synd for hende, men jeg kunne simpelthen ikke klare at hun hang over mig. jeg følte slet ikke hun så andet, end det hun forestillede sig om mig, så det var ikke nemt!

I Herlev spillede vi tit rundbold, for vi var mange jævnaldrende på vejene og havde det godt sammen. Nogle gange passede jeg de små og fik gode lommepenge, mens jeg andre gange serverede og vaskede op til fester.

Helt op til Elses død anede hun ikke hvad jeg kunne og hvad jeg stod for, og det er der faktisk ingen i familien der gjorde. Så det er sku lidt trist at tænke tilbage på, men heldigvis er det ligegyldigt, så længe jeg selv ved hvad jeg kan og hvem jeg er.

Der var ro lige indtil vi i 5. klasse havde en masse postyr, fordi vores dejlige lærer blev fyret og der var en masse problemer med ledelsen og økonomien. Det endte med at de fleste i min klasse, samt flere fra de andre klasser valgte at stoppe og følge med den gruppe lærere der brød med skolen. Det gav desværre en masse uro, så i hele 6. klasse måtte vi dagligt flytte fra lokale til lokale og rundt på forskellige skoler. Det gjorde vi indtil man fandt en grund, hvor der blev sat skurvogne op, og vores nye skole blev dannet.

Forældrenes Privatskole kom den til at hedde. Her var vi 170 elever fordelt fra 1. til 9. klasse. I min klasse var vi 9 elever, så det var dejligt! Vi havde et virkelig godt sammenhold i klassen, og det var rigtig sundt må jeg sige. Det var en dejlig tid, og vi lavede mange gode ting sammen.

Vores tur i 7. klasse til Norge var super skæg og der besluttede vi piger os for, at lave et dansenummer som vi senere optrådte med, til musikken af hvem andre end ABBA´s "Mamma Mia".

Det blev godt, vi var yndige med shorts og store bøllehatte vi selv havde syet, dog ikke lige mig. Det der med at sy var ikke lige sagen, for når skoleåret var ved at slutte, skulle jeg nå at sy de ting de andre havde lavet i løbet af året og det var mindre sjovt, men jeg gik i krig og fik det gjort. Så hvad lavede jeg i timerne tja, talte og kiggede til drengene der havde sløjd, som var langt mere spændende, men det fag måtte pigerne ikke få, øv.

Hov, apropos tøj, så glemmer jeg aldrig den dag i 7. klasse hvor Else stolt kom og viste mig et strikket sæt med bukser i mørkebrun og en højhalset bluse også i brun, men med en bred gul stribe hen over brystet og så en smal lidt længere nede. Åh nej, og er du klar over kære læser, hvor koldt det er at cykle i, for pokker det var ikke nemt. Hvad skulle jeg gøre, hmm, jeg tog selvfølgelig bare et andet sæt tøj med og inden jeg nåede skolen skiftede jeg. Puha, det var måden at gøre det på. Men da hun nogle måneder senere havde lavet et sæt i mørklilla så...

Jeg vil også lige beskrive mit værste mareridt omkring de store slangeskind der hang rundt omkring derhjemme. De gav mig mange grimme forestillinger om at de blev levende om natten, så jeg dårligt turde gå på toilettet eller se under min seng. Der hang et kæmpe slangeskind hele vejen ned af trappen fra 1.sal og ned til stueetagen, føj. Der hang også tre lige over sofaen nede i kælderen, hvor jeg nogle gange lå og så tv. Den ene gang jeg lå og så tv faldt de pludselig ned over mig, jeg skreg indtil Rolf kom styrtende og tog dem væk, for søren jeg var rædsels-slagen, så helt ærlig, lad dog være med at hænge sådan noget op!

Jeg har heller aldrig brudt mig om at skulle lave lektier, de var da kedelige og selvom de gav mig fri for at vaske op, så syntes jeg der var så mange andre ting der var sjovere, men jeg passede mine ting og det gik også ok med karaktererne, ikke at jeg lå i den høje ende men jeg var tilfreds. Else var mindre begejstret og selv om hun gav 10 kr. pr. tal, gav det mig ikke motivation til at gøre mere, jeg lå fint imellem karakteren 6 og 9, og selv om jeg havde svært ved at stave og tale dansk ind i mellem, ja så bekymrede jeg mig ikke over det.

Jeg anede heller ikke hvad jeg ville være, når jeg blev færdig med skolen, men havde en drøm om at blive balletdanser selvfølgelig, eller måske sygeplejerske, for det syntes jeg var spændende uden egentlig at vide så meget om det.

1973 var der en konkurrence for alle på 11 år, man skulle blot skrive sit navn og adresse, herefter deltog man så i en lodtrækning om at komme 14 dage til Berlin, hvor der blev sendt 2 piger og 2 drenge af sted fra hvert land i Europa. Jeg var så heldig at vinde, det samme gjorde Nimse, hvis mor klippede mig, hun var frisør i nærheden af hvor vi boede. Det blev 14 dejlige og sjove dage og der optrådte jeg så for 500 mennesker med en ballet solo, nøj hvor jeg nød det.

Derefter rejste jeg alene ned til en sød fransk familie og boede 14 dage hos dem. Det var en skøn tur. Året før havde deres datter på 11 år boet i Helsingør hos os i 14 dage, det var så hyggeligt.

Jeg nød meget at danse ballet og da en af de andre piger begyndte at gå til det, blev det en konkurrence om at blive den bedste! Jeg drømte om at komme på den kongelige balletskole, men da vi skulle begynde at danse på tåspids, så begyndte mine ankler og hofter, at gøre vrøvl og jeg kom til en masse undersøgelser.

Det endte med at jeg ikke måtte danse mere,
da min krop ikke kunne holde til det, øv altså.

Tilbage til skoleforløbet, det var en sommer i 1975 og vi var
startet på den nye skole og alt var fint. Jeg skulle konfirmeres,
og jeg fik en sød spencer med bluse til i hvid, uden pynt, for
jeg ville ikke ligne en brud. Jeg var så træt af, at Else satte mit
tykke lange hår op i de grimmeste frisurer, så jeg ville klippes
inden, men hun ville have, at jeg havde langt hår (ned til rum-
pen). Så klippede jeg det op til skuldrene, og hold da op hvor
hun skabte sig igen. Endnu engang blev jeg sendt i kælderen, så
Rolf måtte spørge hvad jeg nu havde lavet? Han grinede og
spurgte om Else troede, at han kunne klistre det på igen. Så råbte
hun ned til os, og spugte om han skældte mig ud, og vi løj og
sagde ja da... Jeg var aldrig blevet døbt, så det blev jeg alene, 14
dage inden konfirmationen i Stengård Kirke.

I 1976 var der Julsø lejr med FDF/FPF og vi skulle bo i cowboy
lejren. Vi fik syet sydstats uniformer, og den sommer blev både
varm og tør så jeg fik høfeber og har lidt af det siden. Det var
alligevel den bedste ferieoplevelse ever! Jeg kom i tv, og det
var sjovt at se. Jeg havde lang sort nederdel på med en blonde
(hvid) bluse og skulle gå ind på vores bar, hvor pigerne dansede
Can Can.

Jeg var begyndt i 7. klasse, jeg sad udenfor i haven og så på
Rolf, der gik rundt inde i sit drivhus og nussede. Else kom ud
og satte sig ved siden af mig i græsset og pludselig sagde hun
"du skal lige vide at du er adopteret, men det betyder ingen-
ting, for vi elsker dig", og så rejste hun sig og gik ind igen i
huset? Øhh, hvad skete der lige der. Jeg sad lidt og sundede
mig og så besluttede jeg mig til at lade som ingen ting, så der
blev ikke talt mere om det, den dag.

Næste dag kunne jeg ikke vente med at komme over i skole og tale med vores lærer og da hun fortalte mig hvad det betød, gik jeg hen og tog min taske og cyklede over til Bagsværd sø. Det var her os fra klassen tit tog over når vi ikke gad timen, og så sad vi bare der, med fødderne i vandet og hyggede med hinanden. Men nu var det sådan at jeg gerne ville jeg være alene og selv om jeg følte en lettelse over at Else ikke var min mor og tak for det, så var det alligevel meget underligt at være fremmed og pludselig ikke længere høre til nogen sådan rigtigt. Jeg følte mig ensom og forladt, men også vred over at være svigtet i alle de år og vide at alle undtagen mig, vidste jeg ikke var datter men "ensomhed", ja hvad hed jeg, hvem var de og hvad var jeg så?

Det gjorde ikke mit forhold til Else bedre, efter den nyhed og jo mere jeg spurgte, jo mindre fik jeg at vide, hun sagde bare "er du ikke tilfreds med os" og gik så bare sin vej. Jeg forstod da godt at hun ikke brød sig om at blive mindet om, at jeg ikke var hendes datter, men jeg følte det var min ret at vide hvem jeg så var og hvor jeg kom fra.

Rolf var ikke bedre, og jeg måtte opgive at spørge mere, for der kom ikke noget ud af det alligevel. Resten af familien syntes jeg var utaknemlig, men det var jeg totalt ligeglad med, og jeg var både vred og meget såret. Hvorfor var der ingen der fattede, at jeg bare ville vide en masse om min familie? Med hvilken ret kunne de bestemme over mit liv?

Uanset om de havde købt mig, fundet mig eller fået mig i gave med en tyk fed sløjfe om maven, skulle de ikke tro jeg bare glemte alt om hvor jeg kom fra. For det ville ikke ske, dertil er jeg et alt for nysgerrigt og stædigt væsen. Men det ender med at der ikke er noget jeg kan stille op, så jeg vælger at tænke på andre ting indtil jeg kan komme ud af deres greb.

I 9. klasse skal vi lave et teater stykke og vi har en dygtig instruktør på, der også er vores biologilærer. Han er virkelig god til at få os til at give alt i os og stykket bliver bare så godt. Jeg fik 2 roller i stykket, en birolle og en hovedrolle. Når vi øvede havde jeg svært ved at tale højt, for jeg bryder mig ikke om det, men da vi skulle spille det med publikum, ja så kunne de høre det helt ned i bunden af salen, hvilket resulterede i at de andre i stykket også turde tale højt og tydeligt. Min birolle var som en arrig sømand, der får et hjerteanfald, og jeg spillede så godt at publikum rejste sig og klappede under mit anfald. Min hovedrolle som en bly skønjomfru, blev også et hit, så det gik over al forventning, og vi fik stor ros. Det var sjovt at prøve, og selv om jeg ikke har haft lyst til at gå den vej siden hen, var det alligevel en oplevelse.

Da så skoleafslutningen kom og vi alle skulle andre steder hen i livet, ville vi holde en afgangsfest. Først skulle vi med Malmøfærgen, hvor vi skulle spise og derefter ville vi tage i Tivoli og jeg glædede mig enormt men, men. Jeg havde i dagene op til talt ret grimt til Else, fordi hun blandede sig i alt hvad jeg lavede. Til sidst fik jeg nok og vrissede helt vildt af hende, og så sagde hun bare at jeg kunne glemme alt om at komme med til festen, og at jeg skulle tage lige hjem efter skoledelen var slut. Jeg var panikslagen! Hvad pokker bildte hun sig ind den heks!

Min hjerne var i totalt oprør, og til sidst så jeg ingen anden udvej, end at ringe i smug til min veninde fra klassen, for at tale med hendes far, der før havde reddet mig fra Elses urimelige klør. Heldigvis endte det med at han ringede og fik overtalt hende til at jeg kunne sove hos dem, så jeg kunne være med til det hele, pyha, tak for den redning!

Men hvor var Rolf var i de situationer? I kælderen, for han kunne ikke takle vores kampe, og jeg var ligeglad med om hun sladrede til ham eller ej. En anden dag hvor jeg også havde vrisset af hende, løb hun efter mig med en bøjle i hånden, for pokker hvor jeg løb, indtil Rolf kom og stoppede hendes slag, der var jeg godt nok ikke meget værd!

Kort efter vi var kommet til Herlev, havde Else fået konstateret kræft i underlivet, men det var først efter det nye sygehus stod færdigt så der var hun en del. Jeg husker ikke meget fra de gange hun var syg for hun havde en mærkelig holdning om-kring hvad jeg skulle vide og ikke vide. Det gjaldt især når der var kriser i familien så jeg fik ikke noget at vide, for jeg var jo et barn og den yngste men helt ærligt! Jeg er jo ikke dum, og det gjorde bare at jeg trak mig tilbage, og holdt mig på afstand resten af de år jeg boede hjemme.

Kostskoletiden

I 1978 kom jeg så på en kostskole/husholdningsskole på Frede-riksberg der hed Mariaforbundet, og det blev den bedste tid hjemmefra. Det eneste jeg bekymrede mig om, var hvad jeg skulle lave derefter og så det, at jeg skulle tilbage og bo sam-men med Else.

Jeg havde en masse at bevise nu, hvor jeg var sluppet hjemmefra, mine karakterer begyndte at blive højere og lagde sig i den bedre ende end tidligere. Samtidig viste jeg jo også godt, at jeg skulle bruge det i min fremtid, der nu lå tættere på end nogen-sinde. Heldigvis havde vi det rigtig godt os piger, der boede på skolen og på vores gang havde vi det super sjovt med hin-anden. Jeg brugte i det hele taget rigtig meget tid på skolen og var meget glad for at gå der.

Jeg havde også en sød veninde på 2. sal som jeg sov hos ind i mellem og der lå vi så og hørte "Sailor" inden vi skulle sove. Hun var herlig og vi havde mange dejlige ture på diskotek der lå langt inde i en skov det år. Jeg tog også tit med hende hjem i weekenderne, men ofte bestemte Else pludselig, at jeg skulle komme hjem, og så holdt Rolf bare og ventede på mig efter skole.

Jeg forsøgte indimellem at få Rolf til at tale med mig om adop-tionen og den familie som jeg kom fra, og jeg fik de oplysninger ud af ham, som jeg startede ud med i denne bog, og det var da altid noget. De havde givet mig et andet navn lige efter de havde adopteret mig, men det navn brød jeg mig aldeles ikke om. Jeg havde sagt til dem mange gange igennem årene, at når jeg blev 18 år ville jeg have et navn jeg kunne relatere mig til, og det måtte de altså bare leve med.

Året forinden havde jeg taget fransk på aftenskole, og der havde jeg mødt en sød fyr, Per, som blev en god ven. Da så aftenskolen sluttede, rejste hele holdet til Paris en uge og vi fik en skøn tur.

Da vi kom hjem, blev jeg kort tid efter kæreste med hans ven, som jeg havde set nogle gange. Det var lidt svært at have en kæreste, for jeg brød mig ikke rigtigt om ham, og det var kun fordi Else gav mig mere frihed, da han kom ind i billedet, at jeg kunne holde ham ud. Jeg var faldet for hans usmarte og kiksede udsende og ville gøre ham smart, og det blev han sandelig også, så projektet lykkedes. Desværre blev pigerne helt vilde med ham, og han havde svært ved at nøjes med mig, så det gjorde opholdet på skolen lidt usikkert, og det endte da også med et brag!

En dag var jeg taget tidligt over til ham, for at vi kunne nå at hygge lidt inden jeg skulle være tilbage på skolen. Da jeg ankom, lå der så en pige i hans seng, og det var mindre sjovt. Jeg kørte grædende tilbage med bussen til skolen, og talte med en del af pigerne om det. Så da den krampe dukkede op på skolen igen, kom de andre piger hen omkring mig og fulgte med os hele vejen op til mit værelse. De blev alle stående ude på gangen, alt imens jeg talte med hende på værelset. Hun sagde at hun var blevet gravid med ham, og at hun ville have ham, men se der tog hun lige fejl! Jeg sagde at hun fik ham først, når det passede mig, og at hvis jeg så hende igen ville jeg give hende tæv. Med de ord blev hun fulgt ud af os alle.

Han fortalte mig at han ikke ville have hende, og jeg sagde at det var hans opgave at sørge for at hun fattede det, men også at jeg ville tæve hende, hvis hun kom igen. Det gjorde hun så kort tid efter, en dag hvor jeg tilfældigt var på besøg hos ham (han boede hjemme).

Det ringede på døren og hans lillebror åbnede. Jeg kunne hurtigt regne ud hvem det var han ikke ville lukke ind, så jeg sprang ud i hovedet på hende og gav hende en omgang. Det endte med at jeg smed hendes cykel over hende og gik ind igen. Da jeg skulle hjem derfra sad hun i en bil og tudede, men jeg bukkede mig koldt ned og kiggede hende dybt i øjnene, inden jeg gik mod bussen. Der besluttede jeg mig for at være færdig med ham, det fjols.

Jeg fik efterfølgende en besked, om at hun ville have mig ud til en bodega i nærheden af ham hvor der var en bande der ville tæske mig. Da jeg så mødte op, var der ikke en eneste, så rend mig da lige! Jeg ville med glæde fortælle dem hvilken luder hun var, at bolle en andens fyr og se om de syntes det var ok, for nej det tror jeg ikke lige. Jeg var totalt kold og var bare glad for at komme videre.

Lige fra vi var flyttet til Herlev, havde vi hver sommer taget af sted i bil, til Frankrig i en måned. Der boede vi hos Per, enten i hans ene lejlighed eller i hans sommerhus uden for Lyon. Jeg elskede at være der og på de ture vi havde, var der ingen skænderier, så der kunne jeg holde Else ud, for der var hun både afslappet og glad. Så vi havde det sjovt og livet var skønt.

Men de ture stoppede da jeg var på skolen og tiden hvor jeg skulle tilbage til Herlev nærmede sig, jeg var lidt i panik, for hvad skulle jeg nu lave?

Eksaminerne gik rigtig godt og jeg kunne stolt fremvise et bevis på at jeg sagtens kunne selv, det var jeg meget stolt af. Jeg havde på skoleopholdet lært rigtig mange praktiske færdigheder, så som madlavning, planlægning af indkøb til madlavningen, samt en masse andet husligt, som har fulgt mig med glæde lige siden. Så jeg er virkelig glad for, at jeg fik den gode uddannelse med mig.

Da jeg kom hjem igen gik det ikke særlig godt, for jeg kunne ikke gøre andet end at søge ind på HF, for jeg gad ikke gymnasiet efter skolen. Men jeg var egentlig rimelig træt af skole, jeg ville hellere arbejde, men det jo svært som 17 år, så det blev HF.

Jeg prøvede virkelig, men for pokker jeg både kedede mig, jeg syntes det var så ligegyldigt med geografi og historie selv om jeg elskede fagene, for hvad skulle jeg bruge dem til? På skolen spillede jeg også trommer i et band, og der var jeg efterhånden i hver en matematik time, så jeg må indrømme at jeg spildte min tid.

Jeg mødte også en sød fyr Ib, som gik i 2. g og vi begyndte at komme sammen. Ib havde en lille et værelses lejlighed, så da Elses og mit forhold igen var på sit værste, lånte vi Ib´s forældres bil og så kørte vi hjem efter mit tøj og mine ting. Jeg var ikke vild med ideen om at skulle forbi dem, men jeg orkede ikke at være derhjemme mere. Da vi havde fyldt bilen kom Else ud til døren og sagde at hvis jeg gik ud af den dør, så var jeg ikke længere deres datter! 'Fint' svarede jeg og vi kørte.

Der gik 3 uger så stod Else pludselig ved vores dør, hun bad Ib om at gå, så hun kunne tale med mig. Jeg fortalte hende at jeg var stoppet på HF, og jeg havde fundet et job på et vaskeri i nærheden. Det faldt ikke i god jord, og hun forlangte at jeg skulle fortsætte på HF. Jeg kørte så med hende der ud og det må have været meget underligt for inspektøren, at sidde overfor os, for hun talte om at jeg skulle starte igen imens jeg nægtede det hårdnakket, hi hi, stakkels mand. Det hele endte med at jeg blev selvstuderende, men jeg viste godt at det aldrig blev accepteret af sensor og lærere. For hvis jeg kunne det, hvad skulle man så med lærerne? så jeg sagde bare ja, så Else kunne tie stille.

Kort tid efter kontaktede Rolf mig via Ib´s søde forældre. Han ringede til dem og bad om at tale med mig. Han sagde at Else havde prøvet at tage sit eget liv, og det var min skyld, og at hun ikke havde kunnet klare at jeg var flyttet, så jeg havde bare at komme og se til hende på hospitalet. Nej, jeg ville ikke, men Rolf insisterede. Han var som en høne uden hoved, han tudede og var helt ude af den. Så det var værre at se ham lide, end at se hende ligge der, og jeg håbede hun ville dø, så jeg endelig kunne få ro. Men hun kom sig og hende og Rolf havde talt om, at nu hvor Ib skulle til Bornholm for at være i Civil forsvaret, så kunne jeg jo godt flytte op til Helsingør og starte på HF der.

Jeg så det som en mulighed, for jeg kunne ikke blive i hans lejlighed, for vi var egentlig ikke længere kærester, men mere bare venner. Jeg følte måske også at han trængte til at være sig selv, især når han kom hjem på weekend. Så da jeg ikke anede hvad jeg ellers skulle og snart blev 18 år, ja så gav jeg efter. Men det blev ikke uden først at sikre mig en mundtlige kontrakt med Else. Så den lavede jeg inden jeg gik med til at flytte ind i lejligheden, over Mie og Svend. Den lød som følgende:

1. Jeg måtte kun bo der så længe jeg gik på HF
   (Elses betingelse).
2. Jeg ville ikke arbejde for Mie og Svend, som alle andre havde gjort hele tiden, uden at jeg fik penge for det.
3. Hun og Rolf skulle blive i Herlev og ikke rende rundt oppe ved mig, så jeg kunne få lidt fred.

Else godtog alle mine punkter og jeg flyttede igen til Helsingør. Men det var ikke uden at være bekymret, for hvordan ville det nu gå? For jeg hang jo endnu engang på HF, så det var ikke af glæde, men mere af nød jeg tog den beslutning.

Da jeg kom derop, viste det sig at Jesper (Stef og onkels søn) flyttede ind i annekset overfor (hønsehuset) kaldte jeg det. Det var et yndigt lille hus, fuldt funktionelt og hyggeligt med petroleums ovn, wc og køkken, nej det fejlede skam ikke noget. Else havde i den forbindelse, bedt Jesper om at holde lidt øje med mig! Det var lidt irriterende, men ok. Jeg startede så på HF, men jeg havde det bestemt ikke godt med det.

Voksen og ...

Så blev jeg endelig 18 år og jeg kunne ændre mit navn, for det som Else og Rolf havde valgt var gyseligt, så jeg fik mig et nyt navn, mit navn. Aldrig har jeg været mere glad og stolt! Så selvom der var protester fra alle sider, så holdt jeg stædigt fast og har aldrig fortrudt det.

Jeg havde også fået et brev fra min bank på min fødselsdag, med et tillykke med de 18 år og med de 10.000 kr. jeg havde på kontoen, og at de jo nu var trukket. Jeg var et stort spørgsmålstegn, for jeg havde da IKKE trukket de penge, ja jeg havde faktisk ikke nogen anelse om deres eksistens, så hvad var nu det? Jeg spurgte Rolf, og han sagde at dem havde han taget, for de var bare sat ind for at han kunne få renterne, så dem skulle jeg ikke tænke på.

Else havde fået konstateret brystkræft og nu skulle hun så have fjernet det ene bryst, så der var kaos i familien. For jeg ville ikke besøge hende, når der hang slanger ud af brystet. Men det skulle jeg og den lyd og det syn gjorde, at jeg faktisk ikke kunne amme mine børn senere, dog uden jeg anede det var årsagen før mange år efter. Så der kan man bare se, hvordan man kan få påvirket sin underbevidsthed. Nå, men hun blev derefter passet en del i Helsingør hos Mie og Svend, for Rolf skulle jo passe sit arbejde, så der var hun igen, øv.

Jeg var begyndt at se meget til Jesper, for han var lidt spændende og var jo 28 år. Han fortalte mig også, at han havde haft en del kærester, og det syntes jeg lød godt, for de to jeg havde haft, var lige så uerfarne som jeg selv. På det tidspunkt kunne jeg godt tænke mig en kæreste, en der havde en del erfaringer og det havde han jo.

Men så pludselig var Else ikke så ivrig med hans tilstedeværelse, og det var kun med til at jeg søgte ham endnu mere. Så kom Rolf også på banen og sagde at Jesper ikke var helt normal osv. Jeg spurgte ham så hvad han mente med det, han svarede ikke, så det kunne jeg ikke tage alvorligt. I det hele taget var det jo bare noget fis.

En dag stod jeg og kiggede ved lågen, da Rolf kom og stillede sig ved siden af mig og så sagde han pludselig "Jeg har to piger som er voksne, den ene bor i USA, men det er ikke noget der kommer dig ved, bare så du ved det" og så gik han igen. Helt ærlig nu igen! Jeg var vred over hvorfor de ikke havde sagt det dengang, hvor jeg fik at vide jeg var adopteret, hm... Jeg besluttede så efterfølgende, at jeg ikke ville have en skid med dem at gøre.

En anden dag kom Else op til mig og spurgte om jeg ikke ville male alle husets vinduer udvendigt sammen med Jesper, som et sommerjob, og at vi ville få 3000 kr. for det. Det lød da fedt, så vi gik straks i gang. Men da vi så var færdige, fik vi ingen penge, og ingen sagde noget. Så da Svend kom og spurgte, om vi ikke ville male annekset også, sprang jeg i luften og sagde, at siden vi ikke havde fået de 3.000 kr. for at male vinduerne, så kunne hønsehuset vente. Svend blev helt rød i hovedet (ingen turde sige ham imod) og sagde "hvad kaldte du det? Hønsehuset!" Han blev helt paf, og sagde så helt skuffet "Jamen du kan da altid låne, hvis du mangler penge", men det var jo slet ikke det, der var problemet, og i det sekund vidste jeg, at det var noget Else bare havde sagt, for at få mig til at gøre det. Tarveligt og da jeg konfronterede hende med det, ville hun ikke kommentere det. Helt ærligt, jeg følte mig virkelig misbrugt. Men jeg var samtidig gal over, at det gik ud over Svend, som jeg altid havde holdt af, og som jeg ikke ønskede at såre på nogen måde.

Det var ikke rart at være der mere, alt det bævl omkring hvad der skulle ske med det store hus, for Svend havde ikke lyst til at hænge på alle de ting der til stadighed skulle ordnes. Han ønskede egentlig bare, at lade Jesper overtage huset, og at de så samtidig kunne bo der resten af deres dage. Det ville Rolf dog ikke høre tale om, og det endte også med at han og Else blev uvenner med Stef og onkel. Alt var kaos og midt i al det fik jeg så job som dagplejer, for en vanskelig dreng på 7 år og ved siden af det, et fast vikarjob på en kommuneskole for 1 år. I skolen skulle jeg så have 8. klasse i tysk og madlavning, og en 6. klasse, sammen med en uddannet lærer. Det blev i alt til 11 timer om ugen, til en god løn. Imens var Jesper ved at afslutte sin lærereksamen, så det var godt. Jeg blandede mig ikke i al den ballade der var, men sagde bare til Svend, at for min skyld måtte han da godt give huset til Jesper, jeg var ligeglad, for det betød ikke noget for mig. Det at Svend ikke kunne få det ordnet med huset, og at alle blev uvenner, skuffede ham meget og jeg forstod ham godt.

Else og Rolf havde på det tidspunkt en tosset lille gravhund, ved navn Rasmus. Den blev meget arrig, når Svend prøvede at tage dens kødben og det havde han yndet at gøre, siden den var hvalp. En dag gik det galt og den bed Svend. Det var dybt ind i tommelfingeren, og Svend blev så gal i skralden, at han sagde, at den hund aldrig skulle komme der mere. Rolf var på arbejde, så Else kørte alene hjem til Herlev med Rasmus. Per var på besøg fra Frankrig, han havde overværet det hele og han blev urolig for Else så han besluttede sig for at køre hjem til hende. Alt i mens var jeg ovenpå og anede intet om det store drama, der havde udspillet sig nedenunder.

Svend var i mellemtiden gået over til Jesper og klaget sin nød, over ikke selv at kunne bestemme i sit eget hus, og samtidig var han ked af alt det ballade og ja hvad skulle han gøre?

Da Per var kommet derind, havde Else ligget med fråde om munden. Per ringede straks efter ambulancen og så til Rolf, og endnu engang måtte hun så af sted. Hun blev igen reddet, og jeg så hende først da hun kom tilbage til Helsingør, senere på sommeren.

I mellemtiden var jeg så begyndt på mit job med den dreng på 7 år, som skulle passes. Jeg hentede ham fra skole hver dag og tog ham med hjem og underholdte ham, indtil han blev hentet omkring kl. 17. Jeg var ligeglad med om Else fik nyheden om mit job i stedet for HF, og da det gik op for hende lod hun som ingenting og var mere nedenunder end hos mig, og det passede mig rigtig godt.

Jobbet med drengen, var i tæt samarbejde med kommunens psykolog, fordi han både manglede sociale og følelsesmæssige færdigheder. Han kunne ikke klare berøring (kram) og at give hånden, og han kiggede ikke på en, når man talte med ham. Tit blev han gal og kunne finde på at smadre ting, hvis man ikke var over ham med det samme. Det skete så heldigvis kun et par gange, for han fandt hurtig ud af, at jeg kunne holde ham fast indtil han slappede af, så vi kunne tale om tingene.

Jeg kom rigtig langt med ham og vi havde et tæt og godt forhold og det endte med at han både krammede mig når han kom, og når han gik, plus han holdt i hånden når vi tog på små ture. Han havde små pligter når han var hos mig, og så fik han lidt lommepenge, som han sparede sammen for at kunne købe en figur i Fætter BR. Når han så havde penge nok, sagde jeg at han selv skulle gå ned og købe den. Det var første gang nogen havde stolet på ham, og af sted gik han. Vi havde desuden gået den tur masser af gange, og jeg havde også vist ham butikken.

Jeg gik selvfølgelig med uden han så mig, så da han kom tilbage var han pave stolt. Jeg så hvordan han voksede for hver dag, og da året næsten var gået, fik jeg en meget flot anbefaling fra psykologen.

Mie begyndte at brokke sig en del over, at drengen larmede så de ikke kunne sove til middag. Jeg vidste at det var løgn, men så listede vi ud når de havde lagt sig og tog ned til byen i det tidsrum. Alligevel brokkede de sig indtil jeg kunne fortælle dem, at vi faktisk slet ikke havde været hjemme, og alligevel blev de ved.

Jeg var efterhånden træt af dem alle, og da jeg fandt en hund, så købte jeg den og smuglede den ind og ud. Jeg var også træt af at se Else med den hystade af en hund, så når den måtte være der, kunne min også. En dag da de kom op til kaffe, slap Jack som han hed, ud af soveværelset og lige ind til dem alle i stuen, ups. Svend rejste sig og spurgte hvis hund det var, og da jeg sagde min, gik først han ned og så fulgte de andre efter. Kort tid derefter bad de os om at flytte.

Da Jesper og jeg gik i seng sammen første gang, der gik det faktisk op for mig hvor naiv jeg var, for han havde aldrig haft en kæreste og havde bestemt aldrig prøvet sex. Havde jeg vidst det, havde jeg ALDRIG valgt ham, for jeg ønskede ikke at være den første, for så ville jeg hænge på ham langt dybere end jeg ønskede! Han var sød men jeg elskede ham ikke.

Han mindede også alt for meget om Else, blandt andet det med at rydde op hele tiden og ligesom eje mig var møg irriterende. Men jeg var naiv at tro at det havde jeg styr på, for så længe jeg ikke elskede ham, så kunne jeg ikke blive såret – jo goddaw do!

Nå men Jesper havde dumpet ved første forsøg til lærer eksamen, og nu stod vi så der og skulle finde noget at bo i og hurtigt. Vi kørte rundt og jeg fandt et lækkert sommerhus 12 km udenfor Helsingør. Men ligesom Else, faldt Jesper aldrig til i det hus. Det gjorde jeg straks, og jeg nød virkelig at komme på afstand af alt den uro i familien. Men jeg var vred og skuffet, jeg kunne ikke forstå at Jesper slet ikke nød det nye sted, men han havde jo heller aldrig skåret navlestrengen over, for han havde jo boet hjemme til han var 28 år, inden han flyttede ind i annekset, så hvad havde jeg tænkt på?

Da vi så var flyttet, blev den dreng jeg passede sur og vred, han kunne ikke lide at være der og en dag ville han pludselig bare hjem. Jeg sagde til ham at han måtte vente til Jesper kom hjem, for jeg havde hverken bil eller kørekort. Det ville han ikke og begyndte at gå ud af grusvejen, og jeg sagde at så måtte han jo gå hjem, det ville han så. Jeg blev vred, men han fortsatte, og jeg gik ind, for jeg regnede da med han ville vende om. Et kvarter efter dukkede så Jesper op og jeg spurgte om ikke han havde set drengen på vejen, men det havde han ikke, hmm...

Jesper syntes det havde været meget dumt af mig at lade ham gå og vi kørte ud for at se efter ham. Inden da havde jeg ringet til hans forældre, så de kunne se efter ham. Først 4 timer senere og i silende regn dukkede han op hos dem, og han var heldigvis i god behold. Han fattede ikke det postyr, for han havde jo bare taget bussen og gået et temmelig langt stykke, vildt syntes jeg. Jeg blev selvfølgelig fyret og det var jo klart nok.

Mit 1. vidunderlige barn

Vi boede nu i den lille 2 værelses lejlighed, igen i Helsingør. Sommerhuset kunne vi ikke længere bo ude i, for jeg ville gerne have et job efter alt det med drengen som jeg passede var slut. Man havde også fra regeringens side besluttet, at det skulle være uddannet personale der var vikarer, ikke en som mig der kom lige fra gaden. Det var ok, for jeg ville gerne videre og ikke være lærer, da det slet ikke var noget for mig. Jeg søgte et job som pædagogmedhjælper, og fik det. Det var lidt udenfor Helsingør, men jeg kunne cykle dertil eller tage toget, så det var ikke noget problem.

På det tidspunkt havde jeg ikke tænkt tanken om at ville have et barn, men så kom det pludseligt over mig, at nu var det tid! Jeg var nu blevet 19 år og følte mig klar og Jesper var jo 29 år, så det passede ham fint også. Vi havde jo begge et job og jeg ville gerne være ung, sammen med mit barn.

Det gik fint på mit job i børnehaven, lige indtil den dag jeg sagde jeg var gravid, så fik jeg pludselig mange problemer med mine kollegaer på min stue. De turde pludselig ikke lade mig gå med børnene når vi var på tur, på trods af at jeg havde grebet fat i en af børnene, da hun var ved at gå ud foran en bil. Jeg fejede forkert, syntes de og ja det lyder sku helt ude i hampen, men tro mig, det var det også. En anden af pædagogerne spurgte mig en dag, om jeg var for eller imod apartheid, så øhhh, jeg tror nu ikke at jeg dengang anede helt, hvad det var. Men et hvert fornuftigt væsen på denne jord, ved da at det var fuldstændig vanvittigt det der foregik dernede. Der findes dumme spørgsmål!

Så lige for at få det på det rene så er jeg imod den slags idioti, ligesom jeg også er imod at homoseksuelle med flere, ikke kan få lov at gøre det de har lyst til, uden at blive stemplet af folk der ikke aner en skid. Samtidig er de også bange for at undersøge noget om det, for tænk hvis de opdagede at det slet ikke er så farligt? Hvem kan dømme? Jeg har ikke den ret, men derfor kan oplysning måske hjælpe på vej til bedre at forstå, for vi behøver da ikke hade vel?

Nå men kort inden jeg skulle på barsel (hvilket jeg glædede mig til) skulle hele børnehaven på tur med en overnatning, og jeg havde sagt jeg ikke tog med, for jeg var meget træt. Jeg havde også talt med lægen om alt det der foregik og han mente ikke, at det var en god ide hvis jeg tog med.

Hvor var Jesper i alt det her, tja, han mente det nok ville løse sig og jeg bare skulle fortsætte. Ok, men han havde ikke holdt en time i den stemning, det ved jeg, han sku bare vide hvad jeg gennemgik alene i den tid. For det var hele børnehaven der pludselig synes at jeg skulle mobbes, men forældrene viste intet. Jeg var jo ikke uddannet, så jeg havde ikke tro på, at nogen kunne gøre noget for mig i situationen og sådan var det bare, og jeg havde ikke gjort noget forkert.

Jeg endte med at tage med fordi de plagede, hvorfor aner jeg ikke, men jeg tog med på betingelse, at jeg kunne få lov at hvile mig, når jeg havde behov. Det gik de med på og af sted kom vi. Det første de gjorde var at give mig de 4 værste unger, men dem havde jeg det heldigvis fint med, og så gik de forskellige aktiviteter i gang. Jeg vidste, at vi om aftenen skulle have en børnefest og ville gerne lige ligge lidt inden, men ingen af dem var villige til at overtage mine unger, så jeg tog dem med op for at sove. Det viste sig at være en god ide, for så ville de kunne klare sig igennem hele aftenen, uden at blive overtrætte.

Så da vi mødte udhvilede op igen var de andre ikke begejstrede, de sagde at når nu mine børn ikke kunne sove når de skulle, måtte jeg jo bare sidde hos dem til de kunne.

Jeg kunne se hvor glade mine unger var og de hyggede sig lige til de alle skulle i seng, de voksne smilede skadefro og sagde de ikke så mig til hygge mere den aften, men de tog så gruelig fejl. Så det var ikke af lyst, men af styrke jeg valgte at gå ned igen, lige så snart ungerne var faldet i søvn. Hvilket de for øvrigt havde gjort indenfor kort tid, for de var såmænd da ligeså trætte som jeg havde forventet. Så de andre voksne gjorde store øjne og nogle af dem gik straks op for at kontrollere om de sov og det gjorde de, lige så sødt, mine dejlige unger. TAG DEN FJOLSER!

Da vi kom tilbage, gik jeg på barsel, nu gad jeg ikke slås mere. Så jeg gik glad på barsel og sagde til dem alle, at jeg glædede mig til at komme tilbage på jobbet igen.

Jeg havde ikke haft en særlig god start på graviditeten, for jeg brækkede mig et par gange eller fem, i tre måneder og min lugtesans var bedre end en hunds. For den da, hvor jeg kom til at hade Vel opvaskemiddel, føj! Det er faktisk først for nylig jeg kan klare at lugte og bruge den igen, vildt ikke?

Den 2-værelses vi havde fået igennem boligforeningen, var i dårlig stand, og der lugtede af død...

Jeg kom igennem de værste måneder og kunne begynde at nyde min graviditet. Jeg holdt mig så meget jeg kunne fra lejligheden, så i den periode fik jeg besøgt mange veninder og det var skønt. Jeg følte mig meget sund og ekstra stærk, i sidste del af graviditeten og selvom jeg ikke ville bekymre mig, var jeg så bange for, at der ville være noget galt med mit barn.

Så på baggrund af det, levede jeg meget sundt, spiste godt og hverken røg eller drak. Jeg gik i perioden mange og lange ture, så det var en dejlig tid.

Vores underbo var dranker og han var meget truende og grov mod Jesper, ham kunne han bare ikke li, hvorimod mig lod han være og talte høfligt når vi så hinanden. Det var ikke særlig hyggelige at bo der, men jeg var ikke utryg.

Kort tid før jeg fødte, blev Jesper dårlig, vagtlægen mente det var angst for fødslen, men det var sgu da mig der skulle føde! Så igen blev jeg skuffet over hans måde at svigte mig på. Det gik også sådan, at Jesper ikke ville være med da jeg skulle føde, så jeg måtte ringe til en af hans venners kone og bede hende om at tage med mig, for jeg havde bestemt ikke lyst til at føde alene. Else og Rolf var selvfølgelig over alle bjerge.

Måske skulle jeg lige sige, at da jeg ringede for at sige jeg var gravid havde Rolf bare sagt "Hvad tror du Else siger til det?" Jeg svarede bare, at det var da ikke mit problem og lagde røret på. Jeg så kun Else en gang under min graviditet, hvor vi alle sad og drak kaffe hos Mie og Svend. Det var egentlig fordi Jesper insisterede på det, og på et tidspunkt sagde jeg "Else, prøv at mærk, den lille sparker", hvorefter hun nærmest råbte til mig "Jeg vil ikke røre ved det uhyre" men ingen sagde noget. Jeg rejste mig og gik ud i bilen, og der sad jeg til Jesper kom ud, længe efter. Hold kæft hvor var jeg ensom...

Nå, jeg kom på hospitalet og imens sov Jesper. Klokken var omkring 24, og lægen gav mig en sovepille, for hun mente ikke jeg skulle føde før hen af morgenen. Men der gik ikke lang tid før jeg efter en gang lavement, følte jeg skulle presse. Jeg lå der og stønnede som man jo gør, jeg fik lidt ilt, og jeg følte mig fuld.

Jeg grinede lidt kan jeg huske og syntes det hele var lidt komisk, for Ro der var med mig, og sagde hele tiden "og pres og pres og pres" så jordemoderen til sidst bad hende om at tie stille, eller gå. Skønt at slippe for at høre på det, selv om hun havde født en datter et halvt år tidligere, ja så behøvede hun jo ikke overtage min stakkels jordemoders rolle helt, vel?

Nå men kl. 02 ca. blev min smukke prinsesse født 3200 gram og 51 cm lang, perfekt og smuk som hun lå der. Jeg var så lettet over der var ti fingre og ti tæer, hun var så dejlig, og jeg var så lykkelig som aldrig før. Jeg var blevet klippet og skulle sys i mellemkødet, det var så ligegyldigt ovenpå det hele. Ro tog hjem, og jeg var så glad for hendes støtte og gav hende et stort kram, inden hun smuttede. Jeg ringede til Jesper og han sagde bare godt og så spurgte jeg om han ikke ville vide hvad det var blevet? Ok sagde han bare, og at han ville komme og besøge os om eftermiddagen, så jeg blev igen skuffet. Så jeg lå bare og nød min lille pige og kunne slet ikke sove, før sent på formiddagen. Jeg var bare så glad!

Ro og hendes mand kom før Jesper, de havde en smuk buket og gaver med. Da Jesper endelig dukkede op, var jeg stadig skuffet over ham, men jeg sagde ikke noget om det, men jeg mærkede bare en kulde indeni. Hans forældre kom senere og lykønskede os, men jeg hverken så eller hørte noget fra Else og Rolf.

De havde i mellemtiden solgt rækkehuset i Herlev, da Else fandt ud af jeg aldrig ville komme der tilbage, så de havde i et års tid boet rundt omkring, mens de ledte efter et nyt hus. Jeg var så ligeglad må jeg indrømme, men jeg havde jo også min lille prinsesse Sonja, at tænke på.

Jeg havde svært ved at amme, det havde ikke gjort det lettere at den ene af sygeplejerskerne havde vækket mig og sagt, om jeg var ude på at sulte mit barn. Hvad ævlede hun om, jeg regnede med at Sonja ville græde når hun ville have mad, og jeg havde da læst at de nyfødte havde en madpakke med sig når de blev født, så jeg var tryg og havde styr på det. Den oplevelse ville jeg da gerne have undværet, dumme kælling.

På 2. dagen klagede jeg over at det gjorde ondt forneden, jeg følte at syningen var sprunget op, men de sagde at det var helt normalt, og jeg ville jo blive undersøgt inden jeg forlod hospitalet, hvilket jeg gjorde på 5. dagen.

Da jeg kom til kontrol var jeg sprunget op og de syede mig uden bedøvelse i mellemkødet med tre sting. Det var værre end selve fødslen vil jeg lige pointere på det kraftigste, men jeg bed sammen og fik det overstået, så jeg kunne komme ud og hjem til min egen rytme. De første 14 dage efter at vi kom hjem, gav jeg hende min råmælk, derefter gik jeg over til at kun at give hende flaske. Hun var meget nem og sov fra kl. 01 til ca. 06 om morgnen, så det var luksus og jeg havde jo virkelig brug for min søvn. Jeg var stolt af den lille pige, hyggede med hende og havde hende med mig overalt, og det nød jeg.

Men en nat vågnede jeg og følte der var noget galt, Jesper tog sovepiller for at kunne passe sit job. Jeg kiggede ned til hende og til min skræk trak hun ikke vejret, jeg tændte lyset og så at hun var helt slap. Jeg råbte så højt, at Jesper vågnede og kom hen til mig, imens jeg ruskede blidt i hende, pustede på hende og til sidst kom der et hyl, og hun trak vejret igen. Aldrig har jeg været mere bange, så jeg sov ikke resten af den nat og næste dag ringede jeg både til min sundhedsplejerske og til lægen.

Efter et grundigt tjek, blev de enige om at vi ikke kunne bo der mere, for det var nok på grund af petroleums dampe i lejligheden. Min sundhedsplejerske gjorde rigtig meget for at vi kunne få en ny lejlighed lige i nærheden. Efter 2 måneder var vi flyttet, og jeg kunne begynde at slappe lidt mere af igen.

Tiden gik og jeg skulle snart tilbage på jobbet igen, og en måneds tid før barslen sluttede, blev jeg ringet op af en pædagog fra børnehaven. Hun spurgte mig om jeg havde planer om at sige op, hvilket jeg svarede nej til. Ved siden af telefonen stod min lille båndoptager og den satte jeg til, heldigt for så sagde hun efterfølgende "at hvis hun var mig, ville hun ikke turde komme tilbage" jeg sagde bare "at så var det jo godt hun ikke var mig". Lige efter den samtale ringede jeg til kommunen, jeg kom igennem til den person der er ansvarlig for pædagogerne og efter jeg havde afspillet samtalen med den pågældende pædagog, lovede han at tage affære.

Sonja startede i vuggestue samme dag som jeg skulle møde på jobbet igen. Det var med blandede følelser jeg mødte ind med den morgen, men jeg var helt klar psykisk. Egentlig var det min plan at sige op i børnehaven, for jeg havde søgt ind på plejehjemsuddannelsen i København, og dem ventede jeg svar fra.

Ingen af pædagogerne så på mig eller talte til mig, så jeg passede bare mit og når ungerne var ude, var jeg med og det havde jeg det fint med. Så da jeg blev optaget på uddannelsen, gik jeg direkte ind til lederen og sagde min stilling op. Hun sagde "jeg tager hatten af for at du kunne holde til det store pres" og at hun aldrig selv havde klaret det. Jeg sagde bare" jeg er taknemlig for det, for i har gjort mig stærk og lært mig aldrig at give op" herefter gav hun mig hånden.
Jeg var stolt.

Inden jeg forlod børnehaven, talte jeg med nogle af de forældre som var meget tilfredse med mig, og de blev chokerede over det som var forgået. Efterfølgende hørte jeg, at hende der havde truet mig, havde fået en ordentlig opsang, og dem på min stue var blevet fyret. Så jo, jeg var tilfreds, for jeg vidste jo at jeg havde gjort det godt.

Jeg begyndte så på plejehjemsuddannelsen og jeg var så heldig at kunne køre med en medstudine ind om morgenen. Det var nogen lange dage, for jeg var væk fra kl. 06 og var hjemme igen kl. 18. Jeg brød mig ikke om de lange dage væk fra Sonja, og så var der en del lektier oveni, så jeg må indrømme at selvom det var vildt spændende, var det var ikke lige mig. Det fik jeg virkelig bekræftet efter min praktikperiode. Det var deprimerende arbejde og på det sted jeg var, blev de besværlige ældre dopet. Det gav jeg tydeligt udtryk for, at det brød jeg mig ikke om, så der var ingen der var i tvivl om min holdning til det. Men det var i det hele taget alt for hårdt og jeg kunne heller ikke nå, at lave alle de lektier det krævede. Så ja, jeg droppede ud og nu var det igen på tide, at finde på noget andet, men jeg var der et års tid.

I 1984 var Sonja så blevet 2 år, og jeg syntes det var på tide at Jesper blev far på papiret, og vi besluttede os for at blive gift. Jeg ved ikke hvorfor jeg gjorde det, for jeg havde jo ikke elsket ham, og han havde jo svigtet mig så mange gange, så jeg gjorde det vel nok kun for Sonja´s skyld.

Jeg har altid været meget ærlig over for Jesper, og en dag sagde jeg, at jeg ikke elskede ham og aldrig kom til det. Det tog han pænt, for han sagde bare "Det gør ikke noget, jeg elsker dig og det er nok" og at jeg måske kom til det en dag. Men hvordan kunne jeg det, når han havde svigtet mig på den måde.

Jeg glædede mig ikke og ville ikke giftes i nærheden, for det ville være pinligt, fordi jeg viste Else og Rolf ville udeblive. Derfor kontaktede jeg Rønne rådhus og bestilte tid og bookede et værelse på hotellet i Rønne i to dage. Jeg købte en sød lille hvid selskabs kjole og bestilte en brudebuket og spurgte Mie og Else, om de ville passe Sonja, og det gjorde de så.

Else havde ikke set Sonja før hun var omkring de 4 måneder, måske lidt ældre, og det var kun fordi Mie havde presset hende til det. De var kommet forbi en dag og Else ville ikke nærme sig Sonja men så tog Mie hende op og bar hende over til Else, der meget modvilligt sagde " Jeg smider hende hvis hun begynder at skrige" jeg sagde bare koldt "Det kan du lige prøve på". Så nu skulle hun altså være der når Sonja blev passet af Mie, jeg var ikke glad for det, men vi skulle jo af sted med flyveren til Bornholm.

Hele vejen forestillede jeg mig at skrive under som julemandens assistent, eller noget i den stil, så det bare var ugyldigt. Så når jeg så ville skilles igen, skulle jeg bare vise det frem. Gid det havde været så let! Hvorfor jeg stadig ville gifte mig aner jeg faktisk ikke, men jeg ville vel ikke vise Else, at jeg fortrød og sagtens kunne. Idiotisk ja, 22 år gammel, øv dumt. Men jeg troede jeg havde styr på det og det havde jeg jo også, i hvert fald kunne mine følelser ikke lide skade.

Da vi ankom en dag i september var alt fint, og det var et lækkert hotel. Jesper ønskede ikke at nogen skulle vide vi skulle giftes, så min buket var gemt i en pose. Da vi kom tilbage til hotellet efter en lille frokost efter vielsen, stod der breve fra familien med lykønskninger, så mon ikke de vidste hvad der foregik. Jeg skiftede tøj og vi gik ned og spiste en skøn middag på hotellet og så direkte seng uden sex, det var jeg da alt for træt til.

Jeg var ikke glad for den nye titel og jo længere tid der gik, jo mere irriterende syntes jeg Jesper blev. Jeg følte han manipulerede mig. Han ryddede hele tiden op, og hvis jeg stillede en kop fjernede han den, og lagde jeg tøj på en stol lagde han det på plads. Han ville ikke have opvaskemaskine og ville ikke have gæster, det var for dyrt. Han blev mopset, hvis der skulle komme nogen, men når så først de var der, var han så sød (som han kunne være) og jeg var godt gal på ham over det fis.

Han elskede at komme ud, det var jo gratis – sagde han altid. Uforskammet og tarvelig måde at tænke på og pinligt at høre ham sige det.

Han yndede også at sige jeg skulle være glad for at han elskede mig, og når jeg var så forkælet kunne andre ikke elske mig. Jeg undlod heldigvis at høre på hans fis. En dag blev jeg virkelig hys på en af hans udtalelser og jeg lagde mig ind på sengen og hylede af arrigskab, jeg følte mig låst og var desperat. Jeg var så træt af ham, men han blev ved og ville ikke ændre sig, selv om han nogle gange lovede ikke at brokke sig når der kom gæster osv. Så røg han altid tilbage i den samme rille, og vi levede som vores forældre gjorde... Kedeligt og tomt.

Mit 2. vidunderlige barn

Sonja blev så hurtigt stor, hun var nem og sød, og jeg brugte al den tid jeg kunne med hende. Så blev jeg gravid igen, og jeg var helt parat til at få endnu et dejligt barn. Da jeg fortalte det til Jesper sagde han bare "Så går du ingen steder når du har 2 børn". Jeg havde ellers truet ham med skilsmisse lige efter vores bryllup, og jeg havde skaffet mig en helt ny lækker lejlighed på Amager, men jeg fortrød, nok mest fordi jeg ikke havde noget job. I mellemtiden havde jeg snuset til EFG Jern & Metal, jeg havde taget grundmodulet, så jeg kunne rode med bilen og være i stand til at samle den igen. Det var så fedt, jeg lærte meget på kort tid også det at svejse, men jeg ville jo ikke ende som mekaniker, selvom det var fristende.

Jeg havde svært ved at finde min hylde jobmæssigt. Som mor var jeg lykkelig og følte virkelig at jeg havde styr på det, og elskede bare Sonja.

Jesper og jeg havde også midt i alt det andet, besluttet at leje sommerhuset ud til et ungt par. Han var slagter og hun rengøringsassistent og de virkede søde. Problemet var bare at de først malede hele huset pink indvendigt, satte en anden brændeovn op, uden først at spørge os, så øhhh. De blev så smidt ud og vi kontaktede en ejendomsmægler, så det kunne blive solgt, men det viste sig at være svært. Efter lang tid blev det endelig solgt, sikke en lettelse. Huset lå alt for langt væk fra alt, og da vi kun måtte bruge det som sommerhus, var det for dyrt for os.

Jeg anede ikke hvad jeg ville og da jeg gik på barsel havde vi fået et nyt 4 værelses rækkehus lidt uden for Helsingør, og det fulgte vi imens det blev bygget.

Jeg blev større og større og havde nøjagtigt lige så mange bræk
ture med nr. to, men det var også en skøn tid.

Denne gang sagde jeg til Jesper, at han skulle være med under
fødslen sammen med en nabo, for jeg ville være sikker på, at jeg
havde støtte. Så Jesper deltog, men det føltes hverken dejligt
eller trygt, for jeg vidste jo at han inderst inde ikke havde lyst.
Han havde også en del protester, alt imens han holdt mit ene
ben oppe - det var jo tungt, og naboen holdt i det andet ben
uden at brokke sig. Alt gik så fint og denne gang var jeg åben
nok til at barnet kom ud uden jeg sprang op, eller skulle klip-
pes i, så det var dejligt. Der var ti fingre og ti tæer og der lå så
den smukkeste lille dreng 3650 kg. og 52 cm. lang. Han var så
fin og jeg var så glad og lettet. Sonja var i mellemtiden blevet
passet hos Stef og onkel, de kom forbi med hende den næste
dag, og Sonja var glad for sin lillebror, det var så skønt at se
hende. Da jeg kom hjem efter fødslen, nød jeg virkelig tiden
sammen med mine 2 børn. Lars var heldigvis også nem at have
med overalt, så jeg tog tit dem begge ud og spiste frokost i
byen, dejligt med en masse tid til dem begge. Endelig følte jeg
mig ikke ensom! For første gang i mit liv følte jeg mig god til
noget, nemlig at være mor.

Tiden på barsel gik stærkt og jeg skulle nu begynde at forberede
mig på enten at skulle tilbage på arbejde, eller finde mig en
uddannelse. Så en dag så jeg at de søgte en togfører i DSB og
jeg var ikke længere i tvivl om at det var det jeg ville, så jeg
lavede en ansøgning. Da jeg fik svar om at komme til oriente-
ring/samtale, insisterede Jesper at køre mig til København
også selv om jeg ville tage toget, men han blev ved. Til sidst
sagde jeg ok, men kun hvis han blev siddende i bilen, og det
sagde han ok til. Af sted kom jeg og selvom jeg godt var klar
over at Jesper helst så jeg gik hjemme, vidste jeg at jeg ville ud
og se andre mennesker.

Jeg var på vej op af trapperne da Jesper kom og gik med ind, selv om jeg flere gange bad ham smutte, ku jeg ikke længere diskutere, for tiden var knap og jeg satte mig i rummet med de andre ansøgere. Da orienteringen var overstået blev vi kaldt ind en af gangen og da det blev min tur, rejste Jesper sig også. Ham fra DSB spurgte om han ville med ind og jeg sagde ok, hvis det altså ikke betød noget i forhold til mig og det lovede han, det var tværtimod helt fint da det jo også vedrørte ham i hverdagen. Så ok, men jeg ville helst ha sagt "så SKRID dog Jesper, din idiot mand"!

Efter samtalen gik der et stykke tid før brevet med svar kom, og jeg var desværre ikke blevet optaget. Det var jo soleklart, jeg havde jo virket som en umoden pige, fordi han skulle med ind. Jeg satte mig efterfølgende ved min skrivemaskine, der var så smart at den skrev skråskrift og derfor virkede mere personlig. I brevet til DSB skrev jeg blandt andet, at jeg forventede at høre fra dem igen om hvornår jeg kunne komme til en ny samtale, for det var da dumt at smide guld på gaden syntes jeg. Den godtog de. Samtidig havde jeg beskrevet forløbet med Jespers indblanding ved det fatale møde, og at de måtte forstå hvilken situation det havde sat mig i.

Da jeg hørte tilbage med en ny tid, sagde jeg intet til Jesper og på dagen sagde jeg at jeg skulle mødes med en veninde. Jeg fik jobbet og startede med at tage alle de optagelsesprøver der kræves, for overhovedet at starte på uddannelsen. Jeg blev blandt andet testet på sine sprog kundskaber, i både engelsk og tysk og en masse andet. Jeg nød det hele i fulde drag, og jeg var kommet på min rette hylde, ingen tvivl om det.

Jesper tog det ok, men det huede ham ikke, og det var da også ham der tog slæbet med børnene, for jeg havde jo skiftende arbejdstider.

Jeg bestod både det første og andet skoleforløb og så i 1987 var jeg uddannet togfører. Jeg var ikke den som skulle styre toget, det hedder en lokofører, men jeg havde ansvaret for alt inde i toget og at alt materiel var i orden Også tog tider, billetter og rejseplaner - det var bare lige mig. Jeg var nu tjenestemand og meget stolt over at have fuldført min uddannelse, og så var jeg oven i købet meget glad for jobbet. Jeg elskede at køre i tog, og det gør jeg stadig.

Under mit skoleforløb mødte jeg en dejlig mand, men fordi han var vores ene lærer, havde jeg intet med ham at gøre under skole forløbet. Men så på afslutningsaftenen, efter veloverståede eksamener, blev vi begge opmærksomme på vores følelser. Jeg besluttede med det samme at gøre det forbi med Jesper og Søren som han hed, afsluttede også sit parforhold. 1988 blev et meget hårdt år, og jeg fatter ikke hvordan jeg kom igennem alt det uden støtte og forståelse fra andre end et par veninder. Søren fattede ikke en skid, uden hans egen kamp med sin ex-kæreste.

Kort tid efter, fandt jeg en lækker lille lejlighed, i nærheden af børnene. Da Jesper så efterfølgende tog børnene med over til sin søster i Jylland, tog jeg op og hentede nogle af mine ting, men ikke så mange, for børnene skulle ikke komme hjem til et tomt hus. Desuden trængte jeg til at starte helt på ny, og jeg var bare så lettet over endelig at kunne vende ryggen til hele den familie, der havde gjort mig så ondt i mange år. Nu kunne jeg endelig komme væk og finde mig selv.

Jesper havde grædt en del og sagt mange gange at han ikke ville miste børnene, og jeg ikke måtte bruge dem imod ham og ikke købe dem og hvad ved jeg. Men sådan er jeg ikke og jeg fik også lidt ondt af ham, så vi aftalte at Lars flyttede ind hos mig, når jeg var faldet til.

Sonja der nu var 6 år, blev spurgt om hvor hun helst ville være, og hun sagde hos far, så det var aftalen. Det var en god løsning syntes jeg på det tidspunkt og vi havde jo fælles forældremyndighed.

Der gik ikke lang tid før jeg så valgte at flytte ind til Søren i København, og det var ikke nogen sjov tid. Jeg savnede mine to dejlige børn og jeg tudede det meste af tiden. Søren fattede ikke en skid og sagde bare, at han ikke ville have børn. Else og Rolf kunne samtidig ikke fatte, hvorfor jeg ikke tog børnene med mig i første omgang, så de lukkede af, når jeg spurgte om de kunne hjælpe mig på vej osv. Sørens forældre var bestemt ikke begejstrede for mig, og det at jeg havde to børn. Men jeg brød mig heller ikke om dem, for jeg stolede ikke på dem. De var kolde, og jeg havde bestemt ikke brug for det oveni.

Det forholdt sig sådan, at Søren nogle gange ville have sin ex-kæreste eller hans eks kærestes søster på besøg, og lade dem sove hos ham. Men det brød jeg mig ikke om, og slet ikke fordi jeg viste at de begge stadig var vilde med ham. Hvad tænkte han dog på! Søren var heller ikke vild med at jeg talte med Jesper, det var nok også med til at ødelægge forholdet, mest fordi Søren ikke stolede på, at jeg ikke ville gå tilbage til Jesper og ungerne igen. Søren tænkte kun på sig selv, så det var svært at falde til, med al den uro han skabte.

Både Søren og jeg havde på det tidspunkt begge to skifteholdsarbejde og vi kunne ikke få hverdagen til at hænge sammen i forhold til børn, og da jeg ingen kendte i København og ikke havde nogen der kunne træde til, var det en svær beslutning at Lars nu skulle hjem og bo hos mig. Så jeg tog ham også ud fra sin vuggestue, med hjælp fra pædagogerne, de var godt klar over at Jesper brugte børnene mod mig, og samtidig svært fordi Søren ikke ville have børn...

Alligevel ville jeg gøre mit for, at få Lars hjem for jeg savnede ham og Sonja.

Jeg fik med det samme en ny plads til Lars i en god vuggestue, i nærheden af hvor jeg boede, heldigvis for ellers skulle jeg have ham passet og af hvem? Men egentlig var det temmelig synd for Lars, men også Sonja, der ikke kunne forstå hvorfor jeg ikke tog hende med. Jeg var meget ulykkelig, så jeg valgte efter nøje overvejelse, igen at lade Lars flytte hjem til sin far, for på den måde kunne børnene være sammen og få ro. Jeg kunne dog også have valgt at finde mig et 8 til 16 job, men det var jo ikke lige til og desuden var jeg jo glad for mit job i DSB...
Så ja.

Else og Rolf var i mellemtiden flyttet i rækkehus på Langeland, og her fik Else konstateret knoglekræft. Jeg besøgte dem lidt, men jeg havde det ikke godt og ville egentlig bare væk. Svend var død nogle år tidligere, og jeg kom kun lige til begravelsen og har ellers ikke rigtigt haft noget at gøre med den del af familien siden.

Så gik det således at Jesper lige pludselig ville have den fulde forældremyndighed over begge børn, fordi han ikke mente at jeg kunne tage mig af dem. Søren fattede ikke min sorg, og det samme galdt hans forfærdelige forældre, som Søren selv havde et anspændt forhold til. Især hans mor var han ikke parat til at skære navlestrengen over til, hvilket jeg havde svært ved at fatte.

Jeg kontaktede en advokat der skulle forsvare mig i retten, så jeg ikke mistede min ret til mine børn og Jesper lovede jo fra starten af, at jeg kunne se børnene, så tit som det passede ind med mit job. Men det var ikke helt så nemt, for jeg skulle slås for at se dem på mine weekender og han var samtidig led når jeg hentede dem.

Jeg havde samtidig svært ved klare at høre på alt hans galde og jo, han hævnede sig sandelig og var en bitter mand og tænkte ikke på børnene i alt det her.

Så kom dagen hvor vi skulle mødes i retten, her var det flovt at have set min advokat komme for sent og dernæst rode i sine papirer totalt uforberedt, alt imens Jespers ældre advokat sad klar og var totalt på hans side og inde i sagerne. Efter en kort overvejelse, rejste jeg mig op og sagde "Jeg ønsker ikke at det skal gå ud over børnene, så jeg vil have Jesper får forældremyndigheden og at de kan se mig, når det passer så vidt muligt". Bagefter kom jeg op til den søde kvindelige dommer og hun sagde højt at hun aldrig havde oplevet, at der blev tænkt på børnenes tarv, og at hun syntes jeg var en meget modig kvinde. Det var egentlig ikke fordi at jeg følte jeg var modig, men jeg ville have at Lars og Sonja var sammen, og at de var trygge og havde deres elskede farmor omkring sig. For hvad havde jeg at tilbyde? Et dårligt forhold med masser af skænderier og uro fra alle sider og ingen familie, der kunne støtte dem som deres farmor gjorde. Jeg var knust, men vidste det var det allerbedste for dem. Jeg kan aldrig retfærdiggøre at jeg gik fra mine to vidunderlige børn, men jeg bad til, at de en dag ville kunne forstå mig!

Jesper var den der havde ferie når de havde, jeg skulle altid finde nogen til at tage sig af dem når min lille ferie var slut. Jeg ville have valgt det i dag, hvis jeg havde de samme vilkår som dengang, men jeg ønsker aldrig at opleve de smerter igen, så hellere få en arm revet af. Jeg følte mig ensom, og at jeg svigtede dem som mor, men jeg kunne ikke blive ved på den måde længere sammen med Jesper og den familie. De var der jo aldrig for mig!

Else dør af kræft det år, på min fødselsdag, og Mie dør kort tid efter.

Jeg er blevet gravid med Søren, og midt i det hele viser det sig, at der dukker et modbydeligt testamente op, hvor Familien prøver at fjerne mig helt, ved at påstå jeg er ugyldigt adopteret i udlandet, og at det ikke gælder efter dansk lovgivning. Jo 1988 fortsætter i kampans tegn... Det viser sig dog, at det er fuldt ud gyldigt, og at jeg skal arve efter dem begge. Heldigt, for efter alt det de havde budt mig, syntes jeg at det var på sin plads.

Søren blev ikke glad over min graviditet og ville have at jeg fik en abort, og hans forældre jamrede og ville slet ikke høre om det.

Ja, Søren og jeg var ikke ligefrem lykkelige, men jeg ville have det fungerede. Det kunne ikke være rigtigt at jeg havde endnu et dårligt forhold og en forkert mand. Jeg ville vise, at jeg kunne blive lykkelig i et rigtigt forhold.

Inden Else døde, tog Søren og jeg på ferie til Tyrkiet. Jeg glædede mig meget fordi det var min første rigtige ferie. Else ringede dagen inden vi skulle rejse, og sagde hun syntes jeg skulle blive hjemme for hvis hun nu døde mens vi var væk, men jeg sagde at det gjorde hun nok ikke. Jeg trængte virkelig til at komme langt væk fra alt og glemme de ting der trængte på.

Men jeg nåede at besøge hende og være hos dem inden hun døde 14 dage senere. Der prøvede jeg at tale med hende om alle de ting der var sket, blandt andet det med de 3000 kr., hvorfor hun havde løjet om dem, og at det var synd for Svend, for det havde også ødelagt noget imellem os. Hun tog bare et billedblad, oven i købet på hovedet, og lod som om hun læste i det, helt ærlig? Jeg er bare glad for, at hun endelig fik fred og ved godt at hun var ensom og ikke havde det spor nemt, men igen jeg er sikker på, at hun havde haft godt af at have haft et job, så hun havde noget at gå op i og var kommet lidt ud.

Jeg tror hun har haft alt for meget tid til at spekulere og bekymre sig, og det var da synd for hende. Jeg har tilgivet hende, for jeg tror ikke hun var ond, men bare ikke vidste bedre og det har ikke været nemt for hende. Hun var også "ensomhed". Synd at hun aldrig kunne lære mig at kende, for jeg ved, at hun ville have været stolt af mig, hvis hun havde forstået mine grunde, til alt det jeg valgte at gøre.

Så var der Elses storebror Per, der i mange år var bosat i Paris. Der blev han, lige indtil han blev pensioneret som 70 år, hvorefter han flyttede tilbage til Danmark. Men inden da, havde han haft et meget hårdt og langt arbejdsliv, som han levede og åndede for. Han glemte aldrig sin familie, og han gav igen ved at give dem penge eller ting, som en bil eller lignende, så det var dejligt for dem. Han havde hele sit liv haft en vis taknemlighed over, at hans forældre havde betalt for hans uddannelse, så derfor betød deres meninger også meget for ham. Mie og Rolf havde lidt svært ved at acceptere hans kærester tror jeg, da han fandt en sød lærerinde, vist nok fra Roskilde, som han skulle giftes med. På dagen dukkede han ikke op, for han havde fået kolde fødder. Jeg tror måske, at det var fordi han var under indflydelse af sine forældres mening.

I Paris fandt han så en skøn kvinde ved navn Elena, som var sygeplejerske i et stort bilfirma. Hende var han sammen med i mange år, men han fik aldrig spurt hende om at gifte sig med ham, og det tror jeg sårede hende dybt. Elena havde en datter som hun bortadopterede som ganske ung, men det fortalte hun ham først, da hun finder hende som voksen med mand og barn. Elena dør så desværre af kræft, da hun er omkring de 60 år. Jeg holdt så umådelig meget af hende og hun var altid glad for at tale med mig, og den eneste der kunne. Vi talte kun fransk og sådan var det bare! En helt igennem skøn kvinde, som fortjente så meget mere end det hun fik.

Per døde for ikke så lang tid siden og jeg syntes det var ærger-
ligt at han havde hvisket i mit øre ved Mie´s begravelse "Synd
der kom noget i vejen". Jeg anede ikke lige hvad han mente før
senere, men det var Søren han refererede til. Da Søren, Børge
og jeg så i 1994 var på ferie i Paris, opsøgte jeg Per og efter vi
havde spist middag sammen, hviskede jeg tilbage i hans øre
"Jeg er så glad for der kom noget i vejen". Det ansigt glemmer
jeg aldrig, så det var det hele værd!

Igen fik jeg familien på nakken, men der er ingen der skal true
mig eller tro at penge er alt, så jeg gik og dermed mistede jeg
en masse penge – men jeg vil hellere le i en hytte end at græde
på et slot og måske var det, de ikke kunne klare.

Altså i 1988 oplevede jeg følgende:

1. Skilsmisse med Jesper
2. Else dør
3. Et testamente, grimt skrevet, kommer for lyset...
   Et Mie har skrevet...
4. Jesper kræver forældremyndigheden over vores børn.
5. Sørens modvilje mod børnene og senere min graviditet
6. Sørens forældres modvilje
7. Mie dør
8. Savn af børnene

Puh ha, sikke et år...

Mit 3. vidunderlige barn

1989 er året hvor jeg føder mit tredje skønne barn, og det er den bedste oplevelse af dem alle. For denne gang havde jeg Søren med hele vejen, og han var en helt vidunderlig støtte. Jeg havde dog stadig opkastninger i tre måneder, det slap jeg desværre heller ikke for denne gang.

Jeg vågnede og mærkede det var nu jeg skulle føde, klokken var halv syv om morgenen, så jeg gjorde mig klar og lavede morgen kaffe inden jeg vækkede Søren og så tog vi stille og roligt mod hospitalet, der kun lå 5 min fra os. Under hele fødslen havde jeg holdt Søren i hånden og midt i det hele sagde jeg så, nu vil jeg ikke mere, jeg ville tage hjem. Søren blev helt paf, men jordmoderen grinede og sagde, at det skulle han ikke tage sig af, for jeg rendte ingen steder. Jeg spurgte om Søren havde taget billeder, og det ville han så gøre lige inden den lille kom ud, men jeg sagde han ikke måtte give slip, så med en hånd tog han de mest fantastiske billeder og fik det hele med og hvor var det dejligt! 2½ time senere, var Børge født, han vejede 4 kg. og var helt blå, så Søren sagde jeg skulle give bryst. Imens rendte lægerne rundt for at finde en kuvøse, men så snart brystet kom ind, sugede den lille Børge, og han fik hurtigt sin fine kulør tilbage, så lægerne var tilfredse. Der lå han og var så smuk, hvor var jeg dog heldig. Efter lille Børge kom til verden, tog Søren sig straks af os begge, så det gav en helt anden ro i mig denne gang.

Det hele var vel overstået og det var godt! Jeg havde ingen problemer, men tog først hjem et par dage efter, så de lige kunne se at lille Børge voksede. Jeg valgte igen efter råmælken var slut, at give ham flaske med modermælkserstatning, han var en stor dreng og meget sulten.

Det fungerede godt og så kunne Søren jo også være med til at give mad, og det var han glad for.

Det var den helt omvendte situation i forhold til Jesper, der først lagde den første ble på efter nogen tid og bare havde fjernet bleen, for herefter at lægge Sonja på en avis, hvilket havde gjort mig rasende. Søren havde allerede på hospitalet skiftet ble og badet ham, det var skønt at se hvor meget han nød at være med. Jeg gav ham både lov og plads, og rettede ikke på ham, så han kunne gøre tingene på sin måde. Det roste han mig også meget for og sagde han samtidig følte sig tryg ved at jeg var så rolig.

Da vi kom hjem fra hospitalet, havde vi det stadig meget op og ned i vores forhold. Hans forældre var glade for Børge og ville gerne hjælpe, men de fik ikke lov at passe ham ret meget de første par år, for jeg kunne simpelthen ikke undvære ham.

Da barslen var ved at være til ende, var jeg godt klar over, at jeg ikke skulle tilbage til DSB og vi blev enige om, at efter som Søren trods alt havde været der i 16 år og var super dygtig underviser, så blev mig der sagde op. Jeg ønskede jo heller ikke, at lille Børge skulle lide under mine skiftende arbejdstider, og samtidig ville jeg heller ikke have ham i vuggestue, så derfor besluttede jeg at blive hjemme, indtil han skulle i børnehave. Men det var da med sorg i hjertet, at jeg valgte at stoppe i DSB.

Tiden gik og jeg blev efterhånden godt træt af svigermor Anne. Hun var meget behjælpelig, men hun ville hele tiden have Børge over til dem. Nogen gange tog de ham med både på Bakken og i Tivoli samme dag, bare fordi at han græd, og hellere ville det andet... De tog også tit i deres sommerhus, som lå lidt udenfor Skibby, og der blev de i flere dage, end vi havde aftalt.

64

En dag havde vi hvor været til familiesammenkomst, havde Anne tilmed spurgt Børge, der på det tidspunkt har været omkring de 5/6 år, om hvad hans adresse var. Da han ikke svarede, sagde hun hendes adresse, hvad sker der lige? Igen var jeg sød og lavede ikke scener, men for pokker det sårede mig dybt og jeg kunne se hvor ondt det gjorde i Søren! Det var sygeligt og det var synd for Søren, der så gerne ville Anne, som ikke gad ham, typisk.

Hun yndede at afvise Søren og så hive Børge ind til sig i stedet og det det blev mere og mere en kamp, når Anne skulle passe ham. Hun brokkede sig altid over Søren, og alt hvad han gjorde var forkert, og hans far Bjørn var bestemt ikke et hak bedre, og de blandede sig i ALT! Han blev nogle gange helt elendig ham Bjørn, hvis vi havde et af vores mange skænderier og nogle gange sagde han, imens han lignede en zombi, at nu ville han tage ud i skoven og hænge sig. Min kommentar var "Fint så gør du det" for jeg var virkelig så træt af det, og måske var jeg heller ikke den rigtige at sige den slags ting til.

Anne prøvede igennem mange år at overtage Børge, og det var til sidst så slemt, at vi helt måtte stoppe med, at de passede ham. Børge var også på det tidspunkt, selv begyndt at sige, at han ikke ville derover og heller ikke sove der, så det blev naturligvis stoppet. Jo, vi havde det ikke nemt og den situation udnyttede hun virkelig.

Søren sagde mange gange at hvis de kunne, havde de taget Børge og gjort os umyndige, så de kunne få forældremyndigheden over ham. Var de slet ikke klar over hvor meget den dreng betød for os! Jeg hørte hende også tit sige, at hvis Børge ikke gjorde som hun ville "Skal jeg tage Lars i stedet for, som min dreng" Sådan gik der mange år med uro, op og ned ture, men jeg ville ikke give op, så jeg gjorde mit bedste og fortsatte.

I 1994 giftede Søren og jeg os, det var den 13. december, på rådhuset, jeg var rigtig fin i et beige nederdels sæt. Anne og Bjørn og selvfølgelig lille Børge var der, og da vielsen var færdig, tog vi ind til Oslo båden og vi gav en sviptur til Norge, det var en dejlig dag og vi hyggede os virkelig.

Men hvorfor giftede jeg mig egentlig, når vi havde det så dårligt sammen? Jeg elskede ham og håbede vel på at han ville elske mig, samtidig med at jeg ville bevise, at jeg godt kunne have en familie og beholde den. Jeg ønskede bestemt ikke at mit barn igen skulle være et skilsmissebarn, som Sonja og Lars, for det var ikke gået så godt. Jeg ville så gerne have det til at fungere, men Søren ville nok have haft det bedst alene, og det ville jeg bare ikke indse.

Tiden efter Elses død

Siden Elses død havde Rolf sat hende på en piedestal, hvor jeg bestemt ikke mener hun hørte til (det gør ingen). Men det havde taget meget hårdt på ham da hun døde, og han brød sig bestemt ikke om at være alene, og jeg kunne jo ikke ligge og rejse til Langeland hele tiden. Jeg havde intet bemærket når vi talte sammen i telefonen, ud over at han var ensom og lød træt. Men pludselig en dag ringede naboen og sagde, at de havde været inde hos Rolf og havde set han var nærmest bevidstløs af druk. Jeg fattede det slet ikke, for han drak sjældent, og når han gjorde var det kun en øl. Han blev efterfølgende indlagt på psykiatrisk afdeling, og jeg tog af sted med det samme.

Da jeg så kom hjem hos ham, fandt jeg tomme snapse flasker alle vegne. Jeg fik ryddet op og tog så hans bil og kørte op til ham. Han sad der og tronede som en anden konge, imens damerne vimsede omkring ham, sikke et syn, og han strålede som en sol. Jeg blev der nogle dage og kørte så hjem igen, han var jo i gode hænder. Den næste gang jeg kom og besøgte ham på afdelingen, havde han fundet en kæreste, en patient ved navn Kirsten og de holdt i hånd da jeg kom. Det var helt mærkeligt, men rart at se han havde det bedre, men han ville ikke hjem!

Kirsten havde hele hendes liv boet hos sin mor og havde aldrig lært at lave mad med mere, så i mine øjne var hun meget uselvstændig af en i tresserne at være, men det lod ikke til at genere Rolf, så det var jo godt nok. Jeg vidste at han ikke kunne være alene, og jeg havde jo mit liv langt væk, så jeg var lettet over de havde fundet hinanden, og de lod til at hygge sig.

Rolf fik det bedre og bedre, og en dag vi sad nogle stykker i opholdsstuen, kom han med et ondskabsfuldt smil og så sagde han bare lige så koldt og højt "Ja du ville godt finde dine forældre, og det kan du ikke, men det kan jeg så let som at knipse med mine fingre". Men da jeg ikke reagerede på det fortsatte han "De er tættere på end du aner" og jeg hvæsede "Så find dem til mig". Men han smilede bare, bagefter gik jeg ud og fik lidt luft, for hvad bildte han sig ind, dumme svin!

Efter et års tid kom han hjem efter udslusning, og Kirsten flyttede ind til ham. Jeg tror de havde det rigtig godt sammen, de tog på mange køreture, købte en ny seng til 13.000 kr. og meget mere. Jeg syntes det var fedt, endelig fik jeg Else på afstand og selvfølgelig skulle de have en anden seng.

På et tidspunkt spurgte han mig om jeg ville have det testamente som han og Else havde lavet imens hun levede, eller om det var i orden at hans piger fik deres del? jeg sagde "Selvfølgelig skulle de det", hvis ikke de var berettigede, hvem var så? Jeg tror han var lettet over min mening og jeg lod da også det testamente ligge i skuffen, til han var død. Samtidig havde jeg lovet at tage hensyn til Kirsten, men samtidig lovede jeg også mig selv, at tænke på mig og gøre det jeg havde det bedst med.

Men jeg så ikke så meget til Rolf, efter at han og Kirsten var flyttet sammen. De havde kun besøgt os en enkelt gang, Rolf havde sagt at han troede det var Søren der lavede maden, men det var altså mig, og så mente han da at de havde fået noget for pengene fra Mariaforbundet den gang, meget morsomt, han skulle da bare vide. Men jeg var glad for at han så, at jeg klarede mig godt og at jeg faktisk er ret god til mange ting!

Den 3. november 1994, dør Rolf pludseligt, kun 7 år efter Else.

Så da jeg kom derned for at ordne begravelsen, havde jeg taget den beslutning om ikke at kontakte hans 2 piger, for jeg vidste at Kirsten ikke brød sig om dem. Hun havde set hende der boede i Danmark nogle gange, men brød sig ikke om hende, og at hun havde rodet rundt i skufferne.

Rolf havde også en søster, de havde været uvenner siden deres mor var død. Der havde været en masse ballade vedrørende arven og Rolf havde bestemt det meste, men jeg aner ikke hvad der var sket. Jeg var bare skuffet over, at de ikke havde tænkt på en lille ting fra hende til mig, som minde, for jeg havde altid holdt af hende. Jeg var godt nok aldrig blevet passet af hende, eller været alene hos hende, men hun har også altid virket meget gammel i mine øjne, men rigtig sød. Men jeg havde da i årenes løb besøgt hende flere gange til spisning, sammen med Rolf og Else. Men Rolf havde åbenbart haft kontakt til sin søster inden han døde, for Kirsten havde ringet efter hende og fint nok, for jeg havde altid godt kunne lide hende og hendes to drenge der var lidt yngre end jeg. Hendes mand var en lidt hård negl, men jeg kunne godt lide ham.

Så snart hun var ankommet, strøg Kirsten ind på (mit) værelse som Else havde lavet til når jeg kom, og lagde sengetøj på sengen. Hvor skal jeg så være spurgte jeg? Det viste sig at Kirsten havde bestilt et værelse hos en nabo der udlejede værelser, dog mest til sommergæster. Men der kunne jeg så være de dage, for Søren og Børge ville jo også komme og være med til begravelsen.

Jeg skulle af sted for at se Rolf inden de lukkede kisten, nok mest for at være sikker på at han ikke pludselig dukkede op, man ved aldrig med den familie vel. Men han var sten død og jeg havde lovet at tage hans ring med tilbage til Kirsten, så det gjorde jeg, samtidig fik jeg talt med bedemanden og gjort alt klart.

Begravelsen forløb fint og alle virkede som om de hyggede sig trods alt. Da jeg endelig kunne rejse hjem, kom manden vi havde boet hos og ville have 800 kr. og jeg sagde at dem kunne få han af Kirsten. Helt ærlig skulle jeg betale når jeg havde mit eget værelse, næ du kan tro nej! Kirsten ringede efterfølgende til mig (nærig som hun jo var) for at høre hvad det nu var for noget, sagde jeg bare som det var, og det forstod hun heldigvis.

Jeg fik ordnet boet og alt andet på 3 måneder og Rolf´s advokat sagde han aldrig havde set noget gå så hurtigt og effektivt som denne her sag. Men han vidste som jeg, at Kirsten var meget uligevægtig, så det var bare om at få alt klaret inden hun smeltede. Heldigvis fik hun nogle gode år, inden hun fik en blodprop og måtte på plejehjem, men det var heldigvis alt sammen noget, hendes bror ordnede.

Da jeg var kommet hjem efter begravelsen og alle papirerne var klaret ringede jeg til den datter der boede i Danmark og sagde hendes far var død, og at jeg havde sørget for en stor flot buket fra dem begge, men at jeg havde lovet Rolf, at tage hensyn til Kirsten og sådan var det.

Selvom hun skabte sig, sagde jeg at jeg ville have gjort det igen hvis det skulle gøres om, og at de kunne komme og vælge de ting fra boet, de ville have. Hun kom kort efter og tog alt sølvtøj og lidt andet. Hende i USA ville have et gammelt Zebra skind, der havde hængt oppe i alle de år. Det var godt brugt, men ok hvis hun ville betale en formue for at få det godkendt og sendt, så fred med det. De fik deres del og jeg gemte testamentet som Else og Rolf havde lavet, og det var jeg ganske glad og tilfreds med.

En syg dom

Tiden gik og Børge, Søren og jeg cyklede en del sammen, først sad han bag på, men senere cyklede han selv den lange tur ud til flyvergrillen på Amager. Her så vi på fly der landede eller lettede tæt ved. Vi tog også tit på stranden og badede inden vi kørte ind og spiste på restaurant, inden turen gik hjem igen. Det var nogle skønne ture vi havde og jeg nød at cykle på min seje mountainbike.

Men så begyndte jeg igen at have smerter i min krop, som barn fik jeg af vide at det var voksesmerter, men det kunne det jo ikke blive ved med at være. Jeg husker stadig de mange nætter, hvor jeg som barn, havde siddet og tudet af smerte, samtidig med at jeg masserede mine ben. Jeg havde jo altid bevæget mig meget og efter mit nederlag over ikke at kunne danse ballet mere, måtte jeg jo finde på andre ting at foretage mig.

I 1995, blev mine smerter så umulige at holde ud, at jeg ikke længere turde cykle de lange ture med Børge. Så jeg opsøgte min læge for at tage ham med på råd. Sammen besluttede vi at søge førtidspension til mig, og det var lidt af en kamel at sluge. Men jeg var heller ikke psykisk ovenpå med alle de udfordringer, der hele tiden kom til mig privat, så alt i alt forstår jeg godt, at jeg havde meget svært ved at klare et arbejde oveni. Selv om jeg så Lars hver 14. dag, var det stadig smertefuldt at sige farvel. Sonja var vred på mig og ville ikke ses fra hun var 12 år, og det gjorde mig så ondt.

Så nu begyndte alle undersøgelserne og jeg røg fra den ene specialist til den næste og jeg skulle også vurderes af en psykiater under vejs, hvilket er forståeligt nok, så det var da ok.

Jeg var ikke skør, hi hi, selv om jeg nogle gange følte mig lidt derhen af. Der var også en læge der var knyttet til kommunen, hun var decideret fræk som hun sad der og kiggede på mig og tryggede lidt her og der, hvorefter hun sagde "Ja, jeg kan da ikke se du skulle fejle noget". Jeg blev så vred at jeg skrev en klage over hende, senere hørte jeg at der havde været mange der var vrede over hendes behandling, så hun blev heldigvis fyret. Det har man da heller ikke lige brug for, for der da ikke nogen der syntes det er skægt at blive syg! Samtidig skulle jeg også til at lære at leve med det. Men det vigtigste for mig var, at de kunne finde en diagnose og derefter finde en behandling eller andet, så jeg kunne komme videre med mit liv. Jeg var nu 32 år og ikke i tvivl om, at det ville ændre en hel del på min hverdag, men jeg var parat til det.

Nå, men det varede 2 år før man endelig fandt ud af hvad jeg fejlede. Jeg var på Bispebjerg hospital og fik en muskel biopsi, og det viste at jeg havde en bindevævssygdom der hedder Ehlers-Danlos syndrom og man mente ved flere undersøgelser og blodprøver, at det var nr. 3 og det var heldigvis ikke en af de rigtigt livstruende, pyha!

Men jeg havde ikke lyttet efter når min krop sagde fra, og jeg endte i en kørestol i et par år, det vil sige, at jeg havde den mest med når jeg skulle ud og handle, eller på ture hvor det krævede jeg gik. Det slog mig ud, og jeg tudede hver gang jeg skulle sidde i den, men der var ingen vej udenom, for mine ben lystrede mig ikke. Børge var lidt mærket af situationen, men vænnede sig til at jeg sad i kørestol.

I 1996 var det så Sørens tur, han havde haft det dårligt et langt stykke tid, og jeg mente det var en lungebetændelse, han gik rundt med.

Han gik så endelig op til lægen, der sendte ham videre til røntgen, og der opdagede de at hans hjerte var alt, alt for stort, og han blev straks indlagt på hjerteafdelingen. Efter en del tests viste det sig, at han har fået en virus på hjertemusklen, så han blev sat i medicinsk behandling og blev langtidssygemeldt, og da tilstanden blev forværret, gik han på pension.

Selv efter alt det, troede hans forældre ikke på at han var alvorlig syg og skældte ham ud, og sagde at han skabte sig når han gik langsomt. Jeg ved godt, at han altid havde haft en grim vane med at overdrive sin måde at bevæge sig på, og at hans humor som regel gjorde folk gale, men helt ærlig! Jeg prøvede at forklare dem situationen, men de hørte ikke efter, men Søren var glad når jeg prøvede at støtte ham, når vi var ovre og besøge dem, men lige meget hjalp det.

Vi havde så mange problemer og til sidst valgte vi at tage til parterapi, for at se om vi kunne redde stumperne. Det var svært og jeg var vred på Søren, og følte at han hele tiden ville skændes, og det var opslidende. Børge ville ikke i skole for han turde ikke forlade os, så pedellen på skolen, måtte hente ham et stykke tid og følge ham i skole. Det var en stor hjælp, for hvis vi gjorde det, ville han med hjem igen, og det var frygteligt at opleve og jeg kunne ikke gå fra ham, det var at svigte ham syntes jeg. Så vi fik også en psykolog til at tale med Børge, for at være sikre på, at han ikke led under det der foregik med sygdomme, og de mente han var ok, og vi sørgede også for at han var tryg med os.

Jeg orkede til sidst ikke mere og søgte skilsmisse, og jeg bad Søren om at flytte over til sine forældre i 1997, nu måtte det være nok.

Nyt liv

Året er 1998 og jeg er lykkelig, Børge og jeg køber en dejlig hund og så starter et helt nyt liv.

Der gik lige 7 dage efter at Søren var flyttet, til jeg troppede op hos Hansi og ringede på, og spurgte om jeg måtte komme op. Jeg havde mødt Hansi ved flere lejligheder og kendte hans eks kone og børnene, vi havde også holdt nytårsaften sammen med dem nogle år tidligere. Jeg syntes han var utrolig dejlig og havde også følt at han havde været interesseret i mig, men vi var begge i forhold og ikke typen der var utro. Men jeg var sikker på at han var min soul mate og det skulle undersøges. Jeg spurgte om han havde en kæreste, for det havde jeg hørt igennem ungerne, men det var forbi og han havde været skilt i 2 år. Jeg sagde til ham direkte, at så kunne han få mig, hvis han ville og det ville han gerne, så kyssede jeg ham hurtigt og strøg ud af døren igen, glad og vidste at denne gang ville det gå rigtig godt!

Kort tid derefter sagde vi hans lejlighed op, og jeg byttede min til en 5. værelses i en anden opgang, lige imellem hvor Søren og Hansi's eks kone boede, så kunne ungerne smutte til os hver især efter deres behov, og det glædede jeg mig til.

Foråret kom og Lars skulle konfirmeres, han ville gerne have mig med i kirken og jeg blev så rørt over at han ville have mig hos sig, og det gør jo enhver mor varm om hjertet. Han var så flot og strålede, og jeg nød at se min store dreng blive mere og mere voksen, og jeg var så stolt af ham. Jeg var så glad for, at Lars havde været en del af mit liv igennem hele hans barndom, og jeg følte han forstod mere end han lige sagde.

Men jeg var også meget glad for at se, at Sonja også havde det godt, for hende havde jeg ikke set meget til de sidste 3 år. Det var en skøn dag og efter konfirmationen, tog jeg over til tante og spiste en vidunderlig frokost, her vi sad og nød eftermiddagen i solen. Det var alt i alt en perfekt dag, fyldt med en ro og glæde.

Grunden til at jeg ikke havde set meget til Sonja i næsten 3 år, var at hun efter at være fyldt 12 år, ikke længere ville besøge mig. Det var virkelig svært for mig at skulle undvære hende, for udover at jeg elskede hende, så havde jeg i mange år altid haft både Lars og Sonja, sammen hos mig hver 14. dag.

Jeg ved nu at det var Jesper der havde påvirket hende, for han havde altid bagtalt mig og brokket sig til dem over mig, så der er da ikke noget at sige til at de var negative. Hvorfor bruger man sine børn i en voksen kamp? Det er da fuldstændig idiotisk at tro de kan håndtere det, han burde da som voksen vide bedre skulle man tro. Men jeg ville hellere have hun var vred på mig, end at hun savnede mig og var ked af det, så måske var det en lille trøst for mig i mørket?

Men det var da ikke rart at vide at Jesper og hele den familie var så ondskabsfulde, og den eneste trøst jeg havde og som andre sagde til mig var at "de skal nok komme igen når de ser hvad der virkelig foregår", og det var da et lys i mørket. Jesper havde også fyldt Lars med løgn, men heldigvis kom Lars og spurgte mig om noget af det passede, og flere gange kunne jeg bevise det var løgn. Han kom på et tidspunkt og spurgte hvorfor jeg havde taget alt med mig, da jeg blev skilt fra Jesper? Jeg bad ham om at se på de mange fotos der var taget af os da vi var gift, og der stod de fleste af tingene fra dengang, det var faktisk først i 1998 Jesper fik lavet om og det var vist også på høje tid!

En anden gang ville Lars ikke slappe af da vi var ude og køre og jeg undrede mig og spurgte hvad der var galt? Han sagde at det var fordi Jesper havde fortalt ham at jeg var kørt galt i Paris med dem engang, øhh. For det første havde jeg ikke kørekort før i 1987 og for det andet havde vi aldrig ikke været i Paris med børnene, sååååå... Hvad sker der for folk som Jesper? Det kan godt være han er en bitter mand, men det giver ham ikke ham ret til at træde på andre og lyve for sine børn - så LAD DOG VÆR! Jeg kan igen kun påpege hvor dumt det er, at lade ens børn lide under de voksnes brud og sorg. Jeg skylder ikke noget til nogen og jeg kan se mig selv i spejlet hver dag, og være stolt af den jeg er og det er det eneste der tæller for mig.

Børge var tit ovre ved Søren, for han bekymrede sig meget om ham, når han ikke var hos ham. Jeg havde aftalt med Søren at han selv styrede hvornår Børge var sammen med ham og det gik rigtig fint, men igen, vi kunne jo også samarbejde. Jeg tror også at Søren havde set hvordan man ikke skal gøre overfor sine børn, så det var dejligt!

Vi boede kun 3 måneder i den nye lejlighed, så syntes vi begge at der var så meget bedre i sommerhuset, som Hansi ejede, og efter at have undersøgt om vi måtte bo der, opsagde vi lejligheden og flyttede til Nordsjælland. Det var kun en time fra København så det var fint.

Nu vil jeg gå tilbage til den 3. juli 1998 hvor Hansi og jeg gifter os og denne gang følte jeg mig helt klar, for vi havde det så harmonisk og godt sammen. Det var i en lille sød landsby kirke, der var i alt 35 gæster, og jeg havde selvfølgelig inviteret både Lars og Sonja, men Sonja takkede nej, og det var jeg rigtig ked af. Vi havde dog en pragtfuld dag og jeg fik lov til, for første gang i mit liv, at smide min brudebuket og min dejlige veninde greb den.

Vi festede og sang, det var super hyggeligt og ungerne bestilte alle de colaer og is de kunne klemme ned. Børge nød al isen og virkede glad.

Da klokken så var 12 midnat, danser vi brudevals (for første gang for mit vedkommende) og efterfølgende trak vi os tilbage og kørte til et hemmeligt sted, som jeg havde fundet. Hansi troede vi skulle langt væk, men jeg havde lovet Børge at blive tæt på og han altid bare kunne ringe til mig, hvis det blev nødvendigt. Hansi´s søster var så sød at tage ungerne med hjem i sommerhuset og passe dem, indtil vi var tilbage igen, den næste formiddag. Se det var et rigtigt bryllup og året før havde vi havde også haft forlovelses fest, så alt var som jeg havde drømt om.

Ulykker kommer sjældent alene

Et stykke tid efter brylluppet tog jeg op for at besøge Sonja, der hvor hun havde hest (havde Lars fortalt), og selvom hun ikke just blev begejstret, fik vi en dejlig sludder og aftalte at hun skulle komme og besøge os. Så det gjorde hun, vi havde det lidt svært i starten, men jeg gav hende luft og lod hende komme til mig, og efter nogle gange, så tog hun mig i hånden og sagde hun elskede mig, Ihhh, det var bare så utrolig skønt. Det blev så starten på vores mange weekends sammen igen. Mange af vores weekender sammen brugte vi i Jylland, ungerne var med så de rigtigt kunne nyde det.

Børge var ikke vild med at bo sammen med os, så langt væk fra hans far, og efter at vi var flyttet til Nordsjælland, var han stadig ikke faldet til. Børge var meget bekymret for sin far, og sagde tit, at han jo var alene, for jeg havde jo Hansi, så jeg besluttede med tungt hjerte at ringe til Søren, for at høre om Børge måtte bo hos ham, og så måtte han bare besøge os, når han følte han havde lyst. Jeg tudede hele vejen hjem til Søren, og Børge sagde jeg ikke måtte tude så sagde jeg bare, at det var da bedre end hvis jeg havde kørt med et Dannebrogsflag ud af vinduet og havde råbt hurra. Det kunne han jo godt se og jeg vidste jo, at det var bedst for alle parter, for vi vidste jo ikke hvor længe Søren levede. Hans tilstand var forværret, og han fik pacemaker, og ventede på et nyt hjerte. Samtidig ville jeg gerne have at Børge kendte sin far, og at de havde den tid de skulle have sammen, og det har jeg ALDRIG fortrudt et eneste sekund! Der var Søren altså kær, han havde en flaske rødvin til mig, som han sagde jeg skulle køre hjem til Hansi og hygge mig med. Da jeg kørte derfra savnede jeg allerede Børge, for vi var jo vant til altid at være sammen, så det var da ikke nemt!

Året 1999 husker jeg desværre alt for godt, for jeg blev ringet op af Jesper, der sagde at Sonja var kommet ud for en ride ulykke, var i koma og bragt til rigshospitalet. Men inden Jesper havde talt færdig, havde jeg allerede sluppet røret og sagde bare til Hansi, at han skulle tage det.

Vi kørte derind med fuld fart, og der lå min lille pige, kun 17 år gammel og kæmpede for sit liv. Det var forfærdeligt at se Sonja ligge der i sengen, med dræn i hovedet, for at blodet kunne komme væk fra hjernen, og lægerne anede ikke hvilke skader hun ville have, når hun engang vågnede.

Det forholdt sig sådan at Sonja i mellemtiden var kommet på en kostskole på Lolland, hvor hun kunne have sin hest med, og hun var rigtig glad for at være der. Hun havde købt en meget ung og uerfaren hest, og den pågældende dag, havde hun trukket den ind i ridehallen, for at ride lidt sammen med en kammerat. Men pludselig besvimede hun, og fik trukket så meget i hestens hovedtøj, at det resulterede i, at den væltede, og hun fik hesten ned over sig i faldet. Ride hjelmen var røget af under faldet. Hendes kammerat var med det samme løbet over til hende, men hun var bevidstløs, så han måtte løbe efter hjælp.

Der gik tre lange uger før der var begyndende tegn på opvåg-ning, og da hun så blev stabil nok, blev hun overflyttet til Hil-lerød Sygehus. Efter det gik der igen meget lang tid, før hun kom sådan rigtigt til bevidsthed. Jeg var så utrolig bange for om hun kunne huske mig, for jeg havde jo ikke været i hendes liv på samme måde, som Jesper havde. Men da Sonja så ser mig for første gang efter ulykken, smiler hun og rækker begge sine arme op mod mig, og jeg tudede af bar lettelse og glæde.

I den situation var Jesper fantastisk, han gjorde alt for at hun igennem hele forløbet, fik de bedste betingelser for at komme sig.

Han havde også sat musik på hendes ører hver eneste dag med Beethoven, som havde vist sig i forskellige forsøg, at forbedre situationen betydeligt, efter så voldsomt et traume. Nu kom den store udfordring, for hun kunne ikke tale, gå eller styre sin finmotorik, og samtidig havde hun knuget sine tær i så lang tid, at de nærmest sad forkert. Så hun skulle helt forfra, og vi måtte se hvad det endte med, det eneste vi alle vidste, var at der ville gå meget lang tid, og at vi skulle være der for hende. Efter noget tid på Hillerød Sygehus, blev Sonja så flyttet til et genoptræningshjem, men der var hun ikke glad for at være, så det endte med at hun kom hjem til Jesper igen, før hun egentlig skulle. Det nyttede jo ikke hvis hun ikke trivedes.

I 2001, 2 år efter ulykken, var Sonja blevet så frisk at hun flyttede for sig selv, og vi sås ret tit. Hun havde dog stadig besvær med at læse og skrive, og hendes gang var stadig ikke helt god, men hun var godt på vej. Hendes tale ændrede sig også, og hun talte nu ligesom Prinsesse Alexandra, det lød så kært, men fra at være en vild teenage pige, var hun pludselig helt anderledes moden, rolig og enormt fornuftig. Men jeg tænkte slet ikke på at hun var anderledes, men glædede mig bare over, at hun overlevede, og kom igennem det hele med bravur. Jeg var virkelig stolt over, at hun trods sin hjerneskade, formåede at klare sig så umådelig flot, for hun er enormt selvstændig, men også temmelig stædig, og det er jo gode ting i sådan en situation.

Desværre begynder hun så efterfølgende at drikke, og det bliver til mere og mere, det gik mig meget på og jeg anede ikke hvad jeg skulle stille op. For det var jo ikke sundt for hendes krop, efter den omgang, og jeg prøvede at tale med hende, men jeg var jo lidt fremmed stadigvæk, så passede på ikke at presse hende.

Til sidst tog jeg en aften op på psykiatrisk hospital, for jeg tænkte at der måtte de da kunne hjælpe mig med nogle råd. Jeg kom ind til en polsk læge der var svær at forstå. Hun havde et skema hun gik ud fra og spurgte "er du deprimeret?" Til det kunne jeg kun svare "nej, jeg kommer her fordi jeg er desperat over at min datter drikker og jeg ikke aner hvad jeg skal stille op". Hun fortsatte "vil du begå selvmord?" Mærkeligt spørgsmål så "øhh nej, jeg prøver at få et redskab til at... ved du hvad, vi kommer ingen vegne" og så gik jeg min vej.

Jesper tager hende så med på Majorgården, der er et behandlingssted for alkoholikere, og imens tager jeg som lovet, på bustur til Italien sammen med Børge. Det var 10 skønne dage, hvor vi havde mange sjove oplevelser sammen med den gruppe, vi fulgtes med. Vi boede i en klynge af telte tæt på bugten, med swimmingpool, og i 36 graders varme var det skønt med dukkerter, og samtidig var der en masse jævnaldrende som Børge kunne lege med.

To dage efter jeg var taget af sted med drengene, havde de ringet fra Majorgården og sagt at Sonja var helt ude af den, og at Hansi og jeg skulle komme, men jeg var jo ude og rejse. Hansi var selvfølgelig taget op til hende. Grunden til at hun var begyndt at drikke var, at de nok havde taget morfinen for hurtigt væk og ikke nedtrappet hende ordentligt, så kroppen havde fulgt med, men vi ved det ikke rigtigt.

Det næste lange stykke tid, brugte jeg meget tid på at tale med hende om det. Ind imellem sov jeg også hos hende, som regel var det i forbindelse med at hendes daværende kæreste var på job, for hun kunne bestemt ikke li at være alene.

Tiden gik og jeg holdt min 40 års fødselsdag.

Jeg trængte også til at få noget andet at tænke på, så det passede mig fint, for jeg havde jo efterhånden lært at passe godt på mig selv og økonomisere mine kræfter. Det blev et brag af en fest, der var 84 gæster, inklusiv alle ungerne og vi festede bravt lige til den lyse morgen, så jeg var i himmelen! Og Sonja, hun var bare dejlig, var holdt op med at drikke, så det var dejligt, at se at hun igen havde det godt.

Ved vejs ende

I 2003 møder Sonja så Kasper, han er 2 år yngre end mig, men ser meget yngre ud, og de bliver kærester. Sonja bliver gravid med ham og i 2004 føder hun en lille skøn pige, som får navnet Luna. Efterfølgende flytter de ind i en lille dejlig lejlighed, lige ned til gågaden i Fredensborg. Luna bliver døbt på min fødselsdag, hvilket jeg er meget beæret over.

Hjemme i sommerhuset får vi firben i haven, først Verner, som er meget lille og kold, ham tager jeg med ind under en lampe natten over, og næste dag har han det så godt, at han vimsede af sted igen. Han er blevet kæmpestor sidst jeg så ham, ca. 20 cm og meget smuk. Efterfølgende har jeg lavet et stengærde og vand til dem, og de er ved at være mange, og er der stadig den dag i dag. De kommer frem om sommeren og er rundt om os.

Den 8. januar 2005, er der orkan men jeg trodser den og tager i snestorm til forpremiere til "Phantom of the Opera" malet med masker i hovedet og har det festligt og hygger. Jeg selv har lige fået opereret en knude væk på halsen, alt gik fint og der var heldigvis ingen kræft i den.

Der faldt meget sne i januar og februar 2006, og der var så eventyrlig smukt overalt. Det er også året hvor Sonja føder sit barn nr. 2, lille Viola, hun bliver døbt nogle dage efter min fødselsdag.

I januar 2006 dør min dejlige veninde efter en hjerneblødning, og det var med stor sorg at hun var væk. Jeg savner hende meget, og håber hun passer lige så godt på mig, som da hun levede.

Hansi får en motorcykel af mig og jeg falder ned af stigen da jeg maler vores hytte som vi havde sat op tidligere sammen med en god ven. Jeg må en tur forbi skadestuen, og der er ikke brækket noget, men jeg er blå hele vejen langs siden og har en lille hjernerystelse, så jeg kommer til observation et par timer.

Børge og jeg rejser til Østrig i sommeren 2007, vi har en skøn ferie. Men en nat er jeg godt nok på den, for idet jeg går ud på badeværelset lukker vinduet og sætter sig i klemme i døren, så jeg ikke kan komme ud. Jeg overvejer om jeg skal lægge mig til at sove i badekaret, men det er en køligt nat, så jeg vælger kalde forsigtigt på Børge, han sætter sig op i sin seng med det samme og siger " hvad har du nu lavet mor", hvad mon han mener med det?

I oktober 2008, bliver Kasper og Sonja så gift, det var en stor oplevelse for mig, for hvor var hun dog smuk, det var de faktisk begge to. Jeg er meget glad for min svigersøn, jeg syntes han er utrolig sød og altid hjælpsom, og samtidig har vi det rigtig godt sammen, hvilket jeg værdsætter meget højt. Til det vil jeg også tilføje, at jeg jævnligt husker at sige til alle dem der betyder noget for mig, at jeg elsker dem. For den dag jeg er død kan jeg jo ikke længere fortælle dem det vel, så husk lige at det aldrig kan siges for tit, kun for lidt!

Jeg starter i marinehjemmeværnet og kommer igennem grund-forløbet, langsomt men sikkert. Jeg er meget stolt over at det kunne lade sig gøre, for man kan, hvis man vil. Det ender da også med at jeg får sølv medalje i førstehjælp mens jeg er der. Det blev desværre kun til 2 år der, for min hjerne ville langt mere, end min krop kunne holde til, men så fik jeg prøvet det.

Senere samme år begyndte jeg på et kursus for folk med kronisk sygdom, hvor man lærte at leve bedre med det at være syg og acceptere det. Jeg kan kun varmt anbefale mennesker med en kronisk sygdom at tage kurset, for vi fik en masse gode redskaber, til at komme videre i livet med. Jeg har altid godt kunne li at uddanne mig og efterfølgende tog jeg så en uddannelse som underviser. Senere var jeg et år i gigtforeningen, men det blev lidt for meget. Der møder jeg dog også en dejlig veninde, som nærmest bliver som en søster for mig. Hun er skør på den sjove måde og vi hygger os rigtig meget når vi ses.

I 2009 flytter Børge og hans dejlige kæreste Chilli sammen. De har egentlig kendt hinanden helt fra gymnasietiden, de er født med to dages mellemrum og passer godt sammen.

En dag lige inden vi skulle have gæster, falder Hansi ned af stigen og skærer pulsåren på sit håndled over. Han ville bare lige op og sætte en metal dims på oppe under taget i hytten, men i stedet falder stigen og metal ringen skærer ham i håndleddet og godt op af armen, så det pulser ud med blod og han besvimer. Jeg opdager ikke noget før han selv kommer stavrende hen mod mig, og jeg kan se hvad der er sket. Jeg får fat i ham og lagt noget i såret så det standser blødningen så jeg kan ringe efter ambulancen. Det ser heldigvis fint ud i dag og operationen gjorde at han næsten kan bruge fingrene normalt igen. Det er vildt når sener og alt muligt var skåret op.

I april 2010, dør Søren til stor sorg for os alle. Kort tid forinden havde vi holdt Børges 21 års fødselsdag, det var en skøn og mindeværdig dag. Søren havde underholdt os med forskellige kort triks, det var han super god til og han var bare så afslappet og glad, og vi hyggede os rigtigt inden han blev kørt hjem af Børge. Det var den sidste gang jeg så Søren, og det var et dejligt minde at have.

I den efterfølgende tid, bruger jeg meget af min tid inde hos Børge og Chilli, hvor jeg hjælper dem med at udrede arven og alt hvad der elles skal ordnes efter et dødsfald. Anne og bjørn siger de er så glade for, at jeg tager mig af det hele, for de kunne slet ikke overskue det i deres sorg. Tror det kom som et chok for dem, for de troede jo ikke han var så syg, og det selv om hans ben var sorte, på grund af dårligt blodomløb. Børge er også i stor sorg, og jeg ved det tager tid at få bearbejdet, men alligevel gør det bare så ondt i mig at se hans sorg.

Men jeg ved at Søren var forberedt, og han holdt heldigvis længe nok til at nå en masse af de ting han ville, for selvfølgelig ville han da ikke dø. Søren havde gentagne gange været indlagt på Rigshospitalet, og jeg var glad for at det var der han døde og ikke derhjemme. Tænk hvis... nej det tør jeg slet ikke tænke på!

I 2011 vækker Bjørn Anne ved at ligge og skubbe til hende indtil hun vågner, og hun ser at der er noget helt galt med ham. Hun skynder sig at ringe efter en ambulance, men han vågner aldrig rigtig op og dør på sygehuset nogle dage efter. Det viste sig at have været en meget stor hjerneblødning, og den havde lavet meget skade, så det var godt han ikke skulle ligge hen. Men endnu en begravelse, dog skulle vi ikke tage os af noget praktisk, for Anne ordner det hele sammen med Bjørns anden søn.

Faktisk var det Søren som nogle år forinden havde opsøgt sin halvbror, uden forældrenes samtykke, men heldigvis fik Søren dem efterhånden til at tø op. Det ender med de fik meget glæde af hinanden, blandt andet havde de mange fælles interesser og brugte meget tid sammen til flyveopvisninger. Tror virkelig Søren savnede en bror.

Det var noget af en hektisk tid og kort tid efter, ja faktisk kun indenfor 14 dage, dør Hansi´s far, godt nok af alderdom, men alligevel.

I 2012 døde Anne i en voldsom ulykke, hvor hun faldt ned af stentrappen, og smadrede hovedet ind i en væg, så hun sprak, og så hun endte i koma. Der blev ringet fra hospitalet efter Børge, Annes søster og hendes mand og i samråd med lægerne, blev de så enige om at slukke for hendes respirator, for der var intet at gøre. Det var temmelig uhyggeligt, at det gik så stærkt, men nu skulle det altså besluttes, og det var da bestemt ikke rart.

Jeg hjalp med alt og vi fik igen afsluttet det hele på en hurtig og god måde. Sonja, Karsten og nogle af deres venner kom og tog de ting de kunne bruge, og hjalp med det sidste der skulle hentes til genbrug, så alt var tømt i den 150 m² store lejlighed, i løbet af en uge. Heldigvis havde Anne og Bjørn gemt lidt på kistebunden, til at forsøde Børge og Chilli´s tilværelse lidt, det var jeg glad for.

I 2013 dør så Chilli`s mor efter kort tids sygdom, og det var igen et meget voldsomt forløb, som bestemt ikke var rart at tænke på.

I starten af juli tager jeg på ferie med Børge og Chilli og vi har en pragtfuld tur, selvom Chilli jo, forståeligt nok er i sorg, men på den måde fik hun det lidt på afstand og fik roen til at kunne slikke sårene. Da vi kommer hjem fra ferie, planlægger de bryllup og de bliver gift allerede sidst i juli, så der var fart på for at nå det. Jeg lavede en smuk brudebuket til hende, og hjalp dem ellers så meget jeg kunne. De var så smukke og vi havde et dejligt bryllup, med alt hvad der hører til. Kort tid efter brylluppet, rejste de med Chilli´s far og bror på ferie, hvor de havde en pragtfuld tid sammen og samtidig fik de ladet lidt op igen.

Se nu skulle man jo tro at vi endelig kunne slappe af, og nyde livet sammen, Hansi og jeg, men den gik ikke. Hansi får et anfald og lægerne er ikke længere i tvivl om, at det er sklerose. Det var virkelig et slag lige i ansigtet for hele familien, men sådan er det. Så nu er han i behandling og får indsprøjtning en gang om ugen, så håber vi på den måde at det holder sygdommen tilbage, så vi får forhåbentlig mange gode år endnu!

Sonja og Kasper er flyttet ind i et stort og dejligt hus og har fået en skøn hund. Sonja havde også fået et godt job og der trivedes hun indtil en arbejdsulykke satte en stopper for det. Så nu kan hun kun arbejde småt i flexjob, men hun har stadig et kæmpe overskud og som mor, er hun helt fantastisk!

Så nu beder jeg bare til, at der kommer ro i familien. Jeg vil i hvert fald bruge min tid på kærlighed og glæde samt en masse skønne oplevelser i fremtiden, sammen med dem som jeg har kær. Som jeg altid siger og lever efter "så vil jeg være glad og have det sjovt".

Her i 2014 har Hansi og jeg mødt nogle helt fantastiske nye venner, som vi allerede holder meget af, og som vi virkelig hygger os med.

Jo – fremtiden ser god og lys ud og hverdag bliver en god dag.